펜테질레아

펜테질레아

초판 1쇄 발행 2025년 11월 25일

지은이 하인리히 폰 클라이스트
옮긴이 배중환 · 조정래
펴낸이 권경옥
펴낸곳 해피북미디어
등록 2009년 9월 25일 제2017-000001호
주소 부산광역시 동래구 우장춘로68번길 22
전화 051-555-9684 | 팩스 051-507-7543
전자우편 bookskko@gmail.com

ISBN 979-11-94977-10-0 03850

「예술문화총서 13」

펜테질레아

하인리히 폰 클라이스트 지음

배중환 · 조정래 옮김

해피북미디어

학문의 길로 이끌어 주신 곽복록, 이유영, 한일섭 교수님께

Heinrich v. Kleist.

◆ 차례 ◆

일러두기

1. 본문의 각주는 모두 역주이다.
2. 번역에 사용한 텍스트와 참고한 도서는 다음과 같다.
   - Heinrich von Kleist: *Sämtliche Werke und Briefe*, herausgegeben von Helmut Sembdner, 9., vermehrte und revidierte Auflage, München: Deutscher Taschenbuch Verlag, 2001. (Penthesilea: pp. 321-428.)
   - Hedwig Appelt und Maximilian Nutz: *Heinrich von Kleist, Penthesilea,* (Erläuterungen und Dokumente) Stuttgart: Reclam, 1992.

펜테질레아

비극

나오는 사람들

펜테질레아 아마존족의 여왕

프로토에
메로에 } 아마존족의 영주
아스테리아

디아나 신전의 여제사장

아킬레스
오디세우스
디오메데스 } 그리스 국민의 왕
안틸로쿠스

그리스 병사들과 아마존 여군들

장면

트로이 부근의 전장

인명 해설

펜테질레아: 아마존 여인국의 여왕. 군신(軍神) 마르스(Mars)와 오트레레(Otrere) 사이에 태어난 딸.

아마존 여인국: 스키타이(Skythien, 흑해 및 카스피해 북방 및 동방에 있는 지역의 옛 이름) 혈통의 호전적 여인종족으로 소아시아에 정주한다. 전설에 의하면 아마존 여인들은 트로이 전쟁에서 트로이 편을 들어 그리스군에 대항했다고 한다.

디아나 신전의 여제사장: 디아나(그리스어로는 아르테미스)는 아마존 종족으로부터 사냥과 처녀 신으로 존경받는다. 이 여신처럼 아마존 여인들은 처녀성을 상징하는 장식물과 벨트를 지니고 또 잡은 동물의 껍질로 옷을 만들어 입는다.

아킬레스: 해신(海神) 네레우스(Nereus)의 딸 테티스(Thetis)와 테살리아(Thessalien) 지방 미르미돈(Myrmidon) 종족의 왕 펠레우스(Peleus) 사이에 태어난 아들. 일명 아킬. 태어난 후 어머니가 발뒤꿈치를 붙잡고 거꾸로 스틱스(Styx) 강물에 몸을 적셨기 때문에 그의 몸은 발뒤꿈치를 제외하고는 상처를 입지 않는다. 발뒤꿈치가 약점인데 훗날 그곳에 화살을 맞아 죽는다. 트로이 전쟁에서 그리스군의 영웅으로 그의 독특한 용감성이 드러나지만, 친구 파트로클로스(Patroklos)가 트로이 왕의 아들 헥토르(Hektor)에게 살해되자, 그 보복으로 헥토르를 살해하여 시체를 자신의 마차에 거꾸로 매달고 트로이시를 돌아다녔다.

오디세우스: 이타카(Ithaka)의 왕. 라에르테스(Laertes)와 안티클리아(Antiklia) 사이에 태어난 아들로서 간교하고 지략이 풍부하다. 라틴어로는 율리시즈.

디오메데스: 아르고스(Argos) 출신의 대장. 트로이 전투의 용감한 전사

중 하나이다.

안틸로쿠스:　　트로이 전투의 노지장(老智將)인 필로스(Pylos) 왕의 아들
　　　　　　　이다.

주피터:　　　제우스 신의 로마식 명칭. 그리스 신들의 최고신. 그의 휘
　　　　　　　장은 뇌신의 화살, 번개 및 독수리이다.

마르스:　　　그리스어로는 아레스(Ares). 전쟁 신이며 동시에 아마존
　　　　　　　종족의 창시자이다.

프리아모스:　　트로이의 왕. 파리스(Paris) 및 헥토르의 아버지이다.

트로이 전쟁

이 전쟁의 전사(前史): 해신(海神) 테티스(Thetis) 와 펠레우스(Peleus) 왕
의 결혼식에 모든 여신과 남신들이 초대되었으나, 불화(不和)의 여신 에리
스(Eris)만은 제외되었다. 에리스는 가장 미인에게 주겠다고 사과를 홀에
던진다. 가장 미녀라는 칭호를 얻기 위해 헤라(Hera), 아테네(Athene), 그
리고 아프로디테(Aphrodite)가 경쟁한다. 제우스(Zeus)는 그들을 트로이
(Troy) 프리아모스(Priamos) 왕의 아들인 파리스(Paris)에게 보내, 가장 아
름다운 남자인 파리스로부터 가장 아름다운 여인으로 뽑혀 그 사과를 받게
한다. 아프로디테는 그에게 지상에서 제일 아름다운 여인을 아내로 주겠다
고 약속하여, 마침내 그 경쟁에서 승리하고 사과를 받는다. 그리하여 파리
스는 제우스의 딸이며 동시에 스파르타(Sparta) 왕 메넬라오스(Menelaos)
의 아내 헬레나(Helena)를 얻는다. 파리스는 헬레나를 데리고 트로이로 도
망한다. 이 헬레나의 약탈에 대해 그리스의 모든 영주들은 연합하여 보복
한다. 트로이 앞에서 전쟁이 터지고, 트로이 왕의 아들이며 전사인 헥토르
(Hektor)가 아킬레스(Achilles)에게 패하여 전황이 그리스인들에게 유리하
게 전개될 시점에 호메로스의 『일리아스』는 끝난다. 클라이스트의 『펜테
질레아(Penthesilea)』는 여기서 트로이 측을 편들면서 나타난다.

제1장

안틸로쿠스　안녕하신가! 우리가 트로이에서 마지막으로 보고 헤어졌는데, 그래 전황은 어떤가?

오디세우스　별로 좋지 못해. 안틸로쿠스, 자네는 전장에서 그리스 군인들과 아마존 군인들이 두 마리의 굶은 이리처럼 서로 싸우는 것을 보았겠지.

주피터 신께 맹세코! 그들은 왜 싸우는지도 모른다네. 만약 성난 군신 마르스나, 델리우스[1]가 회초리를 들고 호통치지 않으면, 또 구름을 흔드는 신 제우스가 천둥 화살을 들고 그들을 갈라놓지 않으면, 완고한 적들은 오늘 죽어 거꾸러질 것이네.

서로 상대의 목을 물고서—

(한 군인에게) 투구에 물을 좀 길어 오너라!

안틸로쿠스　이상하군!

저 아마존 여군들은 우리를 어떻게 할 작정인가?

오디세우스　나와 아킬레스는 그리스의 총대장 아가멤논의 충고

---

1 아폴로의 별명

에 따라 미르미돈[2]의 모든 군대를 데리고 전장으로
출격했네.

보고에 의하면, 펜테질레아가 스키타이숲에서 봉기
하여, 뱀껍질로 몸을 감싼 아마존 여군들을 거느리
고 전의에 불타 구불구불한 산길을 넘어 트로이의
포위된 왕 프리아모스를 구하러 오고 있다고 하네.

우리들이 스카만드로스강[3]에 도착했을 때 프리아모
스 왕의 아들 데이포보스는 구하러 다가오는 여왕을
친히 마중하기 위해 병사를 거느리고 일리움[4]을 떠
났다는 보고를 들었네. 아군에게 매우 위협적인 적
군들의 동맹을 저지하고 그 중간에 방어진지를 세우
기 위해 꾸불꾸불한 길을 따라 걸어왔네.

행군은 밤새도록 계속되었어. 그러나 안틸로쿠스여,
이튿날 아침 동이 틀 무렵 우리는 매우 놀라고 말았
네! 눈앞에 펼쳐진 넓은 계곡에서 아마존 여군들이
데이포보스가 통솔하는 트로이 군인들과 싸우고 있
는 것을 보았기 때문이야!

폭풍이 조각난 구름을 흩어 버리듯, 펜테질레아는 트
로이 군인들을 추격해 갔다네. 그 기세는 다다넬스해

---

2 테살리아 종족으로 그리스군 옆에서 트로이군과 싸웠으며 이들의 대장이
아킬레스이다.
3 트로이 근처의 강
4 트로이의 옛 이름

협[5]을 넘어 적군을 지구상에서 날려 버릴 듯했네.

안틸로쿠스   정말 이상하군!

오디세우스   우리는 진영을 정비하고, 우리를 공격할 것처럼 맹렬히 달려들다가 마침내 퇴각하는 트로이군에 반격하기 위해 창을 들고 빽빽이 벽처럼 늘어서서 빈틈없는 태세를 취하였다네.

이 광경을 본 데이포보스는 놀라 멈춰 섰네. 그래서 우리는 재빨리 회의를 열어 즉시 아마존족의 여왕을 맞이하기로 결정했네.

그녀도 승리의 진군을 잠시 멈추었네. 이보다 더 간결하고 좋은 회의가 있었을까?

만약 내가 아테네 신에게 신탁을 간청했다고 하더라도, 신이 내게 이보다 더 현명한 정책을 속삭여 줄 수 있었겠나?

그런데 지하의 신 하데스에게 맹세하건대, 전투준비를 한 이 여왕은 갑자기 하늘에서 내려오듯이 내려와, 우리들이 벌이는 전투에 섞여 양쪽 군대 중 어느 한쪽을 위해 싸우지 않으면 안 되었네.

그녀가 트로이군의 적임을 분명히 보여 주었기에 우리는 그녀를 우리 편으로 믿을 수밖에 없었네.

안틸로쿠스   누가 뭐래도, 그 밖엔 다른 선택이 없었을 테지.

---

5 마르마라해와 에게해를 연결하는 해협

오디세우스　　그렇고 말고.

나와 아킬레스는, 저 스키타이의 여장부가 용감하게
군장을 걸고 처녀군대의 맨 선두에 서서 위풍당당하
게 싸우는 모습을 보았네.

투구의 깃털은 이마 위로 휘날리고, 그녀가 탄 말은
금색과 자주색의 술이 달린 장식을 흔들면서 말굽으
로 땅을 밟고 있었다네.

그녀는 한동안 생각에 잠긴 채 우리 그리스군을 쳐
다보고는, 우리가 돌에 새겨진 듯이 그녀 앞에 서 있
자 얼굴색이 창백해졌네.

단언하건대, 나의 이 펀펀한 손바닥이 그때 그녀의
얼굴 표정보다 더 나았을 거네.

그런데 그녀의 시선이 아킬레스에게 향하자 돌연 얼
굴이 빨갛게 되어 목까지 붉게 물들어 갔다네.

마치 그녀 주위의 온 세상이 불길에 휩싸인 것 같았네.

경련을 일으키며 말 등에서 뛰어내린 그녀는 노기 어
린 눈으로 그를 쳐다보면서 말고삐를 한 부하에게
건네주고는,

왜 우리들이 그렇게 웅장한 대열을 이루어 자기에게
왔는지 물었네.

나는, 우리 아르기브인[6]들이 다르다니아인[7]이라는 새로운 적을 만나게 된 것이 매우 기쁘고,

또 우리 그리스인들은 트로이 왕 프리아모스 일족에 대한 증오심을 오랫동안 가슴에 품고 있었기 때문에 그녀가 우리와 동맹을 맺으면 그녀와 우리 모두에게 유리하다고 대답해 주었지.

그 밖에도 그 순간 머리에 떠오르는 것을 얘기해 주었네.

그런데 놀랍게도 내가 열심히 말하는 동안 그녀는 나의 말에 전혀 귀를 기울이지 않는 것을 알았다네. 그녀는 놀란 표정을 지으며 마치 올림픽 경기를 보다가 갑자기 집으로 달려온 열여섯 살짜리 소녀처럼 자기 옆의 친구에게로 몸을 돌려 "오 프로토에! 내 어머니인 오트레레도 결코 저런 남자를 만나지 못했어!"라고 외치더군.

그녀의 친구는 이 말을 듣고 당황하여 말을 하지 못했고, 아킬레스와 나는 미소 지으며 서로 쳐다보기만 했지. 여왕은 도취된 눈길로 아킬레스의 찬란한 모습을 바라보았네.

프로토에가 그녀 곁으로 머뭇머뭇 다가가면서 내게

---

6 그리스인
7 트로이인 일반

대답해야 한다는 사실을 상기시켜 주었네. 그러자
화가 나서인지 수치심 때문인지 모르지만, 갑옷 벨
트 부근까지 붉게 물들일 정도로 얼굴이 붉어진 여
왕은 당황해하면서도 거만하고 거칠게 내게로 몸을
돌려,
자기는 아마존 여왕인 펜테질레아며 화살통에서 뽑
은 화살로 답장을 보낼 것이라고 말했네.

안틸로쿠스 그건 자네가 보낸 사절의 말 그대로군.
그런데 그리스 진영에서는 그 사절의 말을 알아듣는
사람이 아무도 없었어.

오디세우스 우리는 이 상황을 어떻게 해석해야 좋을지 모른 채
화날 정도의 수치심을 느끼며 진영으로 돌아왔네.
멀리서 우리가 굴복한 것이라고 추측한 나머지 조소
를 보내고 있던 트로이 군인들이 마치 승리를 거두
기나 한 듯이 모여드는 것을 보았네.
그들은 자기들이 유리한 위치에 있다고 보고, 아마
존 여군들이 자기들에게 화를 내는 데에는 어떤 오
해가 있으며, 그것은 반드시 풀릴 수 있다고 생각하
여, 즉시 사절을 보내 그녀로부터 거절당했던 우정
의 손을 다시 한번 더 내밀기로 결정했네.
그러나 그들이 보내려 한 사신이 갑옷의 먼지를 털
어 내기도 전에, 반인반마(半人半馬)의 괴물 같은 여
왕은 말고삐도 잡지 않고 말과 일체가 되어 산에서

세찬 물살처럼 우리들 그리스군과 트로이군을 향해 돌진했네.

안틸로쿠스 정말 있을 수 없는 일이군. 그리스인이여!

오디세우스 이윽고 전투가 시작되었는데, 그것은 복수의 여신이 인간을 지배한 이후 이 땅에서 아직 한 번도 일어난 적이 없는 것이었네.

내가 아는 한, 자연 안에는 힘과 거기에 대항하는 반작용만 있고 제3의 힘은 없네.

작렬하는 불길을 끌 수 있는 힘은 물을 비등시켜 수증기로 만드는 힘이 아니며, 그 반대도 아니네.

그러나 지금 이 두 힘의 강력한 적이 나타났고, 그가 나타날 때 불은 그것이 물과 함께 흘러가 버릴지 몰랐으며, 또 물은 그것이 불과 함께 타며 하늘로 솟아오를지 몰랐네.

트로이 군인들은 아마존 여군에 쫓겨 그리스 군인들의 방패 뒤로 피신했고, 그리스 군인들은 아마존 여군의 돌격을 받은 트로이 군인을 구해 주었네.

이제 그리스인과 트로이인은 헬레나의 약탈사건[8]을 잊고 공동의 적에 대항하기 위해 연합하지 않으면 안 되었네.

---

8 스파르타의 왕 메넬라오스와 결혼한 헬레나는 트로이 왕의 아들 파리스에 의해 약탈되었는데 이것이 트로이 전쟁의 원인이다.

(그리스 병사가 그에게 물을 갖다준다.)

고맙다. 내 혀가 타는구나.

디오메데스 그날 이후 이 평원에서는 격렬한 전투가 벌어졌네. 숲이 우거진 바위산 꼭대기 사이로 내리치는 뇌우처럼 그칠 줄 모르는 분노와 함께, 무서운 기세로 굉음이 울렸어.

내가 어제 에토리아인[9]을 데리고 우리 군의 진영을 보강하려고 출전했을 때, 분노한 그녀는 우레 같은 소리를 내며 마치 전 그리스 종족을 뿌리까지 뽑으려는 듯이 돌진했네.

우리 종족이 활짝 피운 꽃인 아리스톤, 아스티아낙스, 메난드로스는 폭풍에 흔들려 꺾인 꽃처럼 뿔뿔이 흩어졌네.

전장에 흩어진 그들의 젊고 아름다운 육체는 군신 아레스의 딸이라는 대담한 여왕을 장식할 월계수를 키울 거름이 되어 갔다네.

승리한 그녀가 잡아간 포로들은, 전우를 잃은 것을 알아볼 눈과 잃은 전우를 구출할 손을 가진 생존자들보다도 그 수가 많았네.

안틸로쿠스 그런데 그녀가 정말 우리에게서 뭘 원하는지 헤아릴 자가 없는가?

---

9 중부 그리스의 한 지방 주민

디오메데스　없어. 아무도 없어. 그것은 우리들이 생각의 추를 어디에 내려놓을지 몰라 아무 데나 두는 것과 같네.

그녀가 싸움의 소용돌이 속에서도 아킬레스를 찾고 있는 것을 때때로 특별한 분노 때문이라고 추론한다면, 그녀의 가슴속에는 그에 대한 개인적인 증오심으로 가득 차 있는 것 같더군.

굶주린 늑대가 눈 덮인 숲을 헤매며 무서운 눈길로 먹이를 찾는 모습도 전투대열 속에서 아킬레스를 찾는 여왕만큼 맹렬하지 못하네.

그러나 최근, 아킬레스의 목숨이 그녀의 수중에 들어가는 순간 그녀가 미소를 지으면서 그를 다시 살려 준 일도 있었네.

만약 그녀가 그를 붙잡지 않았다면 그는 멸망의 나락으로 굴러떨어졌을 거야.

안틸로쿠스　뭐라고? 누가 아킬레스를 붙잡았다고? 여왕이?

디오메데스　그렇네. 여왕이었네!

어제 저녁 어스름, 펜테질레아와 아킬레스가 서로 만나 한창 전투를 할 때 데이포보스가 돌진해 왔네.

그 트로이인은 여왕의 편을 들어 아킬레스의 갑옷에 아주 격렬한 타격을 가했는데 주위의 떡갈나무 우듬지가 흔들릴 정도였네.

이를 본 여왕은 얼굴색이 하얗게 되어, 순간 손을 축 늘어뜨렸는데, 그다음 순간 매우 화가 나 두 볼이 벌

겋게 되어 곱슬머리를 휘날리며 말 등에서 뛰어올라
마치 하늘에서 뽑는 것처럼 칼을 뽑아 들고 번개처
럼 그의 목을 내리쳤네.
불청객 데이포보스는 테티스의 신 같은 아들 아킬레
스의 발밑에 굴러떨어졌네.
그러자 아킬레스는 답례로 그녀에게 똑같은 타격을
주려고 했네. 그러나 그녀는 고개를 숙이고, 자기가
탄 얼룩말의 갈기를 휘날리면서,
그 말의 황금 고삐를 바짝 죄었다가 풀어 주며 아킬
레스의 살인적인 타격을 피한 후, 뒤돌아보고 미소
지으면서 사라졌네.

안틸로쿠스   참 이상한 일이군!

오디세우스   트로이에서 무슨 소식을 갖고 왔는가?

안틸로쿠스   아가멤논이 나를 이리로 보냈는데, 그는 상황이 이
렇게 변한 이상 퇴각하는 것이 더 현명하지 않겠는
가 하고 자네의 의견을 물었네.
우리의 사명은 일리움(트로이) 성을 쳐부수는 것이
지, 우리들과는 아무 관계도 없는 자유분방한 여왕
의 출정을 방해하는 것이 아닐세.
따라서 만약 펜테질레아가 트로이 측을 돕기 위해
접근하는 것이 아니라고 자네가 확신한다면, 자네
부대는 어떤 희생을 감수하더라도 즉시 그리스군의
요새로 돌아가라고 아가멤논은 요구한다네.

만약 그녀가 자네 부대를 추격한다면, 아가멤논은 친히 진두에 서서, 저 수수께끼에 가득 찬 스핑크스 같은 여왕이 트로이를 마주 보고 어떤 결심을 하고 있는가를 주시할 것이네.

오디세우스   주피터 신에게 맹세하건대, 나도 같은 생각이네!

라에르테스의 아들인 내가 이 의미 없는 싸움을 좋아한다고 자네는 생각하는가?

저 아킬레스를 이 전장에서 물러나게 하세! 왜냐하면 풀어놓은 사냥개가 울부짖으며 수사슴의 뿔로 저돌적으로 공격하면, 사냥꾼은 사냥개를 걱정한 나머지 휘파람을 불어 불러들이기 때문이지.

그러나 그 개가 아름다운 사슴의 목에 매료되어 그 옆을 떠나지 않고, 산들을 지나고 개울을 건너 멀리 숲속 깊은 곳으로 뛰어 들어갔네.

전쟁이라는 숲에서 그와 같은 이상한 야생의 여자가 모습을 드러냈기 때문에 아킬레스도 이 사냥개처럼 광포해졌네.

그를 붙잡으려고 쏜 화살에 허벅다리를 관통당하면서도, 이 아마존 여인의 비단결 같은 머리카락을 사나운 얼룩무늬 말 등에서 잡아챌 때까지 그녀를 추격하겠다고 그는 맹세했네.

오! 안틸로쿠스여, 입에 거품을 물고 미처 날뛰는 그를 자네의 웅변술이 잠재울 수 있는지, 한번 시도해 보게나.

디오메데스   왕들이여, 우리 서로 다시 한번 더 힘을 합쳐 보세.
그의 광란의 결심을 냉철한 이성으로 바꾸어 보세.
영리한 오디세우스, 자네는 그가 드러내는 허점을
발견할 것이네.
만약 그가 자네의 말에 따르지 않는다면, 좋네. 그럼
나는 자네와 안틸로쿠스의 도움을 받아 이성을 잃은
그를, 마치 통나무처럼 등에 메고서 그리스의 진영
에 던져 버리겠네.

오디세우스   나를 따르라!

안틸로쿠스   그런데? 저기, 돌진해 오는 자는 누구인가?

디오메데스   아트라스트이군. 안색이 창백하고 겁에 질린 모습이
구나!

제2장

앞에 나온 사람들. 한 중대장 등장

오디세우스   무슨 소식을 가져왔는가?

디오메데스   보고할 게 있느냐?

중대장   아직 한 번도 들어 보지 못한 최악의 소식입니다.

디오메데스   뭐라고?

오디세우스   말해 보아라!

중대장   아킬레스가— 아마존 여군에게 붙잡혔습니다.

　　　　　게다가 트로이 성(城)은 아직 함락되지 않았습니다.

디오메데스   신들이여, 올림포스의 신들이여!

오디세우스   이런 불길한 소식을 들려주다니!

안틸로쿠스   언제 어디에서 그런 끔찍한 일이 일어났느냐?

중대장   저 분노한 전쟁신 마르스의 딸들이 번개 같은 새 공격

　　　　　으로 주위 에토리아인의 견고한 대열을 쳐부수었고,

　　　　　패배할 줄 모르는 미르미돈인[10]들은 패해, 우르르

　　　　　폭포수가 쏟아져 오듯이 우리 쪽으로 달려왔습니다.

　　　　　우리들은 큰 파도처럼 도망가는 에토리아 인파를 막

　　　　　아 보려고 노력했지만 허사였습니다.

　　　　　그들은 범람하는 홍수처럼 몰려와 우리를 전장에서

　　　　　쓸어 가 버렸습니다.

　　　　　우리들이 겨우 발을 굳게 내디딜 수 있게 되었을 때

　　　　　에는 이미 아킬레스와 멀리 떨어져 있었습니다. 그

　　　　　런데 바로 그때 아킬레스는 흑백도 분간할 수 없는

　　　　　전투 중 온 사방에서 창 공격을 받으면서도 달아나

　　　　　어느 언덕 위에서 조심스레 아래로 굴러와, 다행스

　　　　　럽게 우리들이 있는 곳으로 방향을 잡았습니다.

　　　　　그에게 구출의 인사를 외친 우리의 환호 소리가 우

---

10 테살리아 지방에 사는 민족

리의 입을 떠나가기도 전에 그의 사두(四頭)마차는 절벽 앞에서 갑자기 멈춰 섰고, 높은 구름 속에서 무시무시한 심연을 내려다보면서 앞발을 치켜들었습니다.

그가 비록 협곡을 헤쳐 나오는 기술을 지닌 노련한 장수라고 하더라도 이제는 손을 쓸 수 없었습니다.

공포에 질린 말들은 채찍을 맞아 머리를 돌렸고 마구가 서로 뒤엉킨 채 말과 마차가 뒤범벅이 되어 떨어졌으며,

우리들의 신과 같은 아들 아킬레스는 자기 마차와 함께 덫에 걸린 듯 움직이지 못했습니다.

안틸로쿠스　미쳤구나! 그래서 어떻게 되었느냐?

중대장　그의 노련한 마부 아우토메돈이 그 와중에도 신속히 말에서 뛰어내려 비틀거리던 사두마차를 다시 붙들었습니다.

그러나 그가 말의 다리에 얽혀 있는 봇줄을 다 풀기도 전에,

여왕은 이미 승리를 자랑하는 아마존 여군들을 이끌고, 아킬레스를 구출할 모든 길을 가로막으며 골짜기를 향해 돌진했습니다.

안틸로쿠스　신들이여!

중대장　먼지를 자욱히 뒤집어쓴 여왕은 말의 질주를 멈추고 불길을 발하는 얼굴을 높이 들어, 순간적으로 그 암

벽의 높이를 재었습니다.

그때 그녀의 투구 깃털이 깜짝 놀란 듯이 그녀의 정수리를 뒤로 잡아당기는 듯했습니다.

그러자 갑자기 그녀는 말고삐를 놓아 버렸습니다.

현기증이 난 여자처럼 그녀는 곱슬머리가 앞으로 늘어뜨려진 이마에 급히 가냘픈 두 손을 대고 누르고 있었습니다.

이 이상한 광경을 본 아마존 여군들은 깜짝 놀라며 간절히 애원하는 몸짓으로 그녀 주위에 모여들었습니다.

그녀에게 제일 헌신적인 듯 보이는 한 여인이 그녀를 팔로 껴안고, 또 다른 여인은 한층 더 단호하게 말고삐를 잡았습니다.

그들은 강제로 그녀의 전진을 막았습니다.

그러나 그녀는—

디오메데스 뭐라고? 그런데도 그녀가 감히—?

안틸로쿠스 자, 말해 봐!

중대장 들어 보십시오.

그녀를 제지하려는 그들의 노력은 아무 소용이 없었고, 그녀는 좌우의 여인들을 가볍게 밀어내고는 그 암벽을 따라 아래위로 불안하게 말을 몰면서 날아오르고 싶은 소망을 이뤄 줄 좁은 통로라도 없는지 찾아보았습니다.

그 후 우리는 그녀가 갑자기 완전히 미친 사람처럼 암벽을 기어오르는 것을 보았습니다.

그녀는 그 길로 나아가면 반드시 그물에 걸린 노획물을 생포할 수 있다는 불타는 욕망과 부질없는 희망을 잔뜩 품고 있었습니다.

그러나 그녀는 빗물이 바위에 낸 모든 틈을 찾아본 후, 그 절벽을 오를 수 없다는 것을 알았습니다. 그런데도 그녀는 판단력을 완전히 상실한 듯이 뒤로 물러나 다시 기어오르기 시작했습니다.

그리고 집요하게도 그녀는 도보 여행자도 무서워할 정도의 길을 뛰어올라 떡갈나무 높이 정도의 산 정상에 가까워졌습니다.

이제 영양 한 마리가 겨우 몸을 둘 수 있을 정도의 좁은 바위 덩어리 위에 서게 된 그녀는 주위의 툭 튀어나와 있는 바위 때문에 깜짝 놀라 발걸음을 앞으로도 뒤로도 움직일 수 없게 되었습니다.

이를 보고 불안해진 아마존 여군들이 질러 대는 고함 소리가 공기를 갈랐습니다.

이때 갑자기 그녀는 말과 마부와 우르르 굴러떨어지는 바위와 함께 추락하여, 마치 지옥까지 말을 몰고 갈 듯이 암벽의 가장 깊은 바닥으로 떨어졌습니다.

그러나 그녀는 목도 다치지 않았고, 또 자신의 무모함을 후회하지도 않았습니다. 오직 그녀는 다시 기어오르기 위해 힘을 모을 뿐이었습니다.

안틸로쿠스   맹목적으로 미쳐 날뛰는 하이에나와 같은 그 여자를 보게나!

오디세우스   그런데 아우토메돈은 어떻게 되었느냐?

중대장   드디어 그가 뛰어내렸습니다—

전차와 말은 이제 똑바로 서게 되었습니다— 헤파이스토스[11]라면 완전히 새로운 황동으로 된 마차를 만들 수 있는 시간이었습니다—

아우토메돈은 자기 자리로 뛰어올라 말고삐를 잡았습니다—

그리하여 우리 그리스인들의 가슴에서 걱정거리였던 하나의 돌이 빠져나갔습니다.

그런데 그가 말들의 방향을 돌렸을 때, 아마존 여군들은 산 정상으로 향하는 하나의 좁은 길을 찾아내었고, 맞은편 계곡에도 울릴 정도로 환성을 지르면서, 미친 듯이 바위 절벽을 계속 오르고 있던 여왕을 향해 그쪽으로 오라는 듯이 소리쳤습니다.

그녀는 이 소리를 듣고 말 머리를 돌려 재빨리 그 길을 쳐다보고는, 질주하는 표범처럼 그곳으로 돌진했습니다.

아킬레스는 말을 뒤로 물리며 계곡의 바닥까지 내려

---

11 불(火)과 대장장이의 신으로, 아킬레스의 무기를 만들었다.

갔고 얼마 지나지 않아 그는 저의 시야에서 사라졌
습니다.
그래서 저는 그에게 무슨 일이 일어났는지 모릅니다.

안틸로쿠스   그가 패했구나!

디오메데스   자! 친구들이여, 어떻게 하면 좋을까?

오디세우스   왕들이여! 우리들의 가슴이 명령하는 바에 따르자!
자! 여왕의 손에서 그를 구해 내자! 그를 위해 목숨
을 걸고 싸우자! 아트레우스왕의 두 아들[12]이 하는
비난에 대한 논전은 내가 맡는다!

(오디세우스, 디오메데스, 안틸로쿠스 퇴장)

제3장

중대장, 그사이에 언덕을 올라온 한 무리의 그리스 병사들

미르미돈 병사   (주위를 둘러보며)

보세요! 저기 저 산등 위로 무장한 사람의 머리 하나
가 올라오고 있지 않습니까?
멋진 깃털을 장식한 투구이지요?

---

12 메넬라오스와 아가멤논

또 그 투구를 쓰고 있는 굵은 목이 보이지요?

그리고 지금은 갑옷을 두른 어깨와 팔도 빛을 내고 있지요?

가슴 전체를 보세요, 친구들이여.

몸에는 황금의 혁대까지 매고 있지 않습니까?

중대장 과연 그렇군! 누구의 모습인가?

미르미돈 병사 누구의 모습! 아르고스인(그리스인)들이여 내가 꿈을 꾸는가?

또 사두마차의 흰색 점이 있는 말의 머리가 보이네!

그러나 그들의 다리, 말발굽은 아직 산꼭대기에 가려 있네!

이제 지평선상에서 말과 마차가 온전히 보이네! 마치 쾌청한 봄날 아침 태양이 떠오르는 듯이 화려하네!

그리스 병사들 만세! 아킬레스다! 신들의 아들! 자신의 사두마차를 직접 몰고 이쪽으로 오시네.

그는 구출되었다!

중대장 올림포스의 신들이여!

영원히 영광이 있을지어다―!

오디세우스님은 어디 계신가―?

누구 한 사람이 아르고스(그리스)의 왕께 달려가서 빨리 모셔 오너라!

(한 그리스 병사가 재빨리 퇴장)

대장님이 이쪽으로 오시고 있느냐, 그리스 병사들

이여?

미르미돈 병사 자, 보세요!

중대장 무슨 일이냐?

미르미돈 병사 아, 제 숨이 막히는 것 같습니다. 중대장님!

중대장 그럼 확실히 보고해라!

미르미돈 병사 아, 그는 왼손을 자기 말들의 등 위로 뻗쳐 말들에게 채찍을 휘두르는군요!

그 준마들은 그 채찍 소리만 듣고도 흥분하여 땅바닥에 발길질을 해 댑니다!

고삐가 당겨진 그들은 입에서 김을 뿜으며 쏜살같이 마차를 끌고 있습니다!

개한테 쫓겨 간 사슴들의 질주보다도 더 빠르군요!

마차 바퀴가 돌아가는 것을 보면, 눈이 그 속에 빨려 들어 가 어지러워져서 잘 볼 수가 없습니다!

에토리아 병사 그런데, 대장님의 뒤에—

중대장 뭐라고?

미르미돈 병사 산등성이를 보세요—

에토리아 병사 먼지를—

미르미돈 병사 폭풍우의 구름처럼 먼지를 몰고 오면서 번개처럼 앞으로 돌진하네—

에토리아 병사 영원하신 신들이여!

미르미돈 병사 펜테질레아!

중대장 누구?

에토리아 병사   아마존의 여왕이—!

아킬레스의 바로 뒤에서 아마존 여군의 무리를 거느

리고 따라옵니다.

중대장   미쳐 날뛰는 요부(妖婦)!

그리스 병사들   (큰 소리로) 이쪽으로!

여기 이쪽으로! 신과 같은 아킬레스님,

우리 쪽으로 전차의 방향을 돌리소서!

에토리아 병사   보라! 그녀는 두 다리로 표범 같은 자기 말을 얼마나

열렬히 꽉 끼고 있는가!

그녀가 갈기까지 몸을 굽혀, 질주를 방해하던 공기

를 갈증 난 듯이 마시고 있네!

그녀는 마치 활시위를 떠난 화살처럼 날아오네! 누

미더족[13]의 화살도 이보다 더 빠르지 못하겠구나!

그녀의 군인들은 마치 맹견들이 질주하고 난 뒤의 똥

개들처럼 그녀 뒤에서 숨을 헐떡거리면서 따라오네!

그녀의 투구 깃털 장식도 거의 그녀를 뒤따르지 못

합니다.

중대장   그렇게 그녀가 그에게 다가가고 있는가?

돌로페 병사   그에게로 다가갑니다!

미르미돈 병사   아직은 거리가 있습니다!

돌로페 병사   그에게 접근하고 있습니다. 그리스인들이여! 발굽

---

13 활을 잘 쏘는 북아프리카(알제리)의 기마민족

소리가 날 때마다, 그녀는 배고픔을 참고 삼키듯이 아킬레스와의 거리를 삼킵니다.

미르미돈 병사 우리를 보호하는 모든 신들에게 맹세코!

여왕은 이미 아킬레스님과 같은 크기로 보일 만큼 가까워지고 있습니다!

여왕은 그의 마차가 지나갈 때 일으킨 바람에 실려 온 먼지를 마시고 있습니다. 여왕이 타고 있는 준마는, 대장님이 내달릴 때 파헤쳐지는 흙덩이들을 그의 마차 속으로 다시 던져 넣습니다!

에토리아 병사 그리고 이제— 무모하신 대장님! 정신이 나가셨구나! 대장님은 상대를 우롱하듯이 전차의 방향을 돌리는구나! 조심하십시오—

아마존 여왕이 직선 방향으로 달려갑니다. 대장님의 진로를 차단하고 있는 것이 보입니까—?

미르미돈 병사 도와주십시오! 제우스 신이여!

여왕은 이미 아킬레스 옆에서 날아오네!

아침 햇살에 비친 거인같이 큰 여왕의 그림자는 이미 대장님을 삼켜 버리네!

에토리아 병사 그런데 지금 대장님이 갑자기 말고삐를 잡고서—

돌로페 병사 그는 갑자기 말과 마차를 한쪽 옆으로 선회시킨다!

에토리아 병사 그는 다시 우리 쪽으로 날아온다!

미르미돈 병사 과연 그렇다! 훌륭한 전략가다! 그가 여왕을 속였다.

돌로페 병사 저기 보라!

두려움을 모르는 여왕은 그의 전차 옆으로 질주하는
구나!

미르미돈 병사 세게 부딪히며, 말안장 위로 날아오르네!
그리고 비틀거리네—

돌로페 병사 추락한다!

중대장 뭐라고?

미르미돈 병사 여왕이 추락합니다! 그리고 한 여자가 맹목적으로
그녀 위로 달려드네.

돌로페 병사 또 한 여자가—?

미르미돈 병사 또 한 여자가—

돌로페 병사 그리고 또 한 여자가—

중대장 뭐, 모두 추락하느냐?

돌로페 병사 예 그들이 추락합니다.

미르미돈 병사 추락합니다. 중대장님, 마치 불화로 속으로 녹아들
듯이, 말과 마부가 함께 큰 덩어리를 이루면서 말입
니다!

중대장 그들은 모두 재가 되었겠구나!

돌로페 병사 먼지가 자욱한 가운데, 갑옷과 무기의 광채만이 번
쩍일 뿐 아무리 눈여겨보아도 아무것도 없었습니다.
말과 아마존 여군들이 뒤죽박죽 엉켜서 무리를 이루
었습니다.
천지가 개벽하기 전에 있었던 혼돈도 이보다 더 명
료했었을 것입니다.

에토리아 병사 그런데 이제— 한 줄기 바람이 불고 낮의 햇살이 비치
자, 넘어진 여인들 중의 하나가 몸을 벌떡 일으키네.

돌로페 병사 아, 저렇게 뒤섞여 있는 모습이 참 재미있구나!
그들은 전장의 도처에 내던져진 창과 투구를 찾고
있구나!

미르미돈 병사 말 세 마리와 한 여자가 여전히 죽은 듯이 누워 있습
니다.

중대장 여왕인가?

에토리아 병사 펜테질레아 말입니까?

미르미돈 병사 여왕인가—?
아, 내 눈이 차라리 보지 않았으면 좋았을 텐데!
여왕이 저기에 서 있네!

돌로페 병사 어디에?

중대장 말해 봐! 빨리!

미르미돈 병사 제우스 신에게 맹세코! 저기, 여왕이 추락했던 곳입
니다! 저 떡갈나무 그늘입니다!
여왕은 투구를 벗고, 말의 목을 꽉 쥐고 있습니다—
땅 위에 있는 그녀의 투구가 보이지 않습니까?
여왕은 오른손으로 고수머리를 살짝 뒤로 넘기고
이마에서 먼지와 핏자국을 닦고 있습니다.

돌로페 병사 맹세코 저건 여왕이다!

중대장 불사신과 같은 여인이여!

에토리아 병사 그렇게 추락하면 고양이라도 죽을 텐데, 그녀는 죽

지 않았구나!

중대장　　　그런데 아킬레스님은?

돌로페 병사　모든 신들이 그를 보호하고 있습니다!

그는 화살의 사거리보다 세 배, 아니 그 이상의 거리
만큼 질주해 갔습니다!

마침내 여왕은 그의 모습을 더 이상 볼 수 없습니다.

그를 붙잡겠다는 열렬한 그녀의 생각도 숨이 차서
헐떡거리는 가슴속에 묻혀 버립니다.

미르미돈 병사　만세! 지금 저기 오디세우스님이 나타나셨다!

그리스군 전부가 태양의 빛을 받으면서, 칠흑 같은
숲에서 갑자기 나타나는구나.

중대장　　　뭐, 오디세우스님이? 디오메데스님도 역시? 오, 신들
이여—!

아킬레스님은 그들로부터 얼마나 멀리 떨어져 있
는가?

돌로페 병사　돌을 던지면 닿을 만한 거리입니다, 중대장님!

대장님의 마차는 이제 막 스카만드로스 강변의 언덕
위로 질주하고, 그곳에서 군대가 곧 전열을 갖추었
습니다.

그는 이제 나란히 서 있는 병사들 앞으로 질주합니다.

병사들의 소리　(멀리서) 아킬레스님 만세!

돌로페 병사　그리스 병사들이 그에게 소리를 지르고 있습니다—

병사들의 소리　만세!

아킬레스님 만세! 신의 아들이여!

만세! 만세! 만세!

돌로페 병사 아킬레스님은 질주하는 말을 멈추게 하신다!

한곳에 모여 있는 그리스의 왕들 앞에서 말의 질주를 멈추게 하신다!

오디세우스가 그에게 다가가신다!

아킬레스님은 먼지를 가득 덮어쓴 채 마차에서 뛰어내리신다!

말고삐를 넘겨주고 나서 그는 몸을 돌리는구나!

그는 머리를 누르던 투구를 벗습니다! 그리고 모든 왕들이 그를 둘러싸고 있습니다!

그리스 병사들은 환호하면서 그를 어깨에 메고, 그의 무릎 주위에 빙 둘러선 채, 갑니다.

그사이에 마부 아우토메돈은 그의 옆에서 입김을 내뿜는 말들을 천천히 몰고 갑니다!

환호하던 전군이 우리에게로 다가옵니다! 만세! 신과 같은 아킬레스여!

자 보세요, 보세요— 아킬레스님이 이미 저기까지 오셨습니다!

제4장

아킬레스 등장. 뒤따라 오디세우스, 디오메데스, 안틸로쿠스가 들어온다.
아우토메돈이 사두마차를 몰고 아킬레스 옆에 선다. 그리스 병사들

오디세우스　　아킬레스여! 내 마음으로부터 열렬히 자네를 환영하
네! 자네는 퇴각했지만 승리자이다!
주피터 신에 걸고 맹세코! 만약 자네의 등 뒤에서 그
녀가 자네의 정신에 압도당해 땅바닥으로 추락했거
나, 자네가 다시 얼굴을 맞대고 그녀를 만나게 된다
면 신과 같은 이여, 어떤 일이 일어날 것 같은가?

아킬레스　　　(손에 투구를 들고, 이마의 땀을 닦아 낸다. 두 그리스 병사
들이 부상 입은 한쪽 팔을 잡고 붕대를 감지만, 그는 그것을
의식하지 못한다.)
뭔가? 무슨 일인가?

안틸로쿠스　　아킬레스여, 자네는 속력을 다투는 싸움에서 승리
했네.
하늘에서 으르렁거리는 천둥번개를 동반한 폭풍도
놀란 지상의 사람들에게 이 같은 싸움을 보여 준 적
이 없네.
복수의 여신들에게 맹세하며 단언하건대 내가 인생
의 길을 힘겹게 삐걱삐걱 걸어오면서 온 트로이 성안
에서 지은 죄악을 내 가슴속 깊은 곳에 실어 두었더

라도, 자네의 그 날쌘 전차를 탔더라면, 나는 후회의
추격을 벗어날 수 있었을 것이네.

아킬레스　(붕대를 감는 일이 괴롭다는 듯이 두 그리스 병사를 향해)

바보들.

한 그리스 영주　누가?

아킬레스　나를 괴롭히지 말아라—

그리스 병사 1　(그의 팔에 붕대를 감으면서)

가만히 계십시오! 피가 납니다!

아킬레스　그럼 좋다.

그리스 병사 2　잠시 일어서십시오!

그리스 병사 1　자 붕대를 감게 해 주십시오.

그리스 병사 2　곧 끝납니다.

디오메데스　처음에는 내가 통솔하고 있는 군대들의 퇴각이 자네
를 도망가게 만들었다는 소문이 있었네.

나는 오디세우스와 함께 아가멤논의 소식을 우리에
게 전하러 온 안틸로쿠스의 보고를 듣느라 바빴기에
그 자리에 없었네.

그러나 내가 지켜본 바에 의하면, 이 노련한 도주의
기술이 모두 미리 생각해 낸 계략임에 틀림없다는
확신을 하게 되었네.

우리들이 전투 준비를 하기 시작했던 새벽녘에 자네
는 이미 여왕을 추락시키기 위해 암석을 생각해 둔
게 아니냐고 물어보고 싶었네.

영원한 신에 맹세코, 자네는 그렇게 확실한 발걸음
으로 여왕을 저 돌 있는 데로 끌어들였지.

오디세우스 자 이제, 돌로페 종족의 영웅(아킬레스)이여, 만약 자
네에게 더 좋은 계획이 떠오르지 않는다면 우리와
함께 그리스 진영으로 돌아가지 않겠는가?

아트레우스의 아들들은 우리에게 철수하라고 소리
치고 있네. 우리들은 후퇴하는 척하며 그녀를 스카
만드로스강의 계곡으로 끌어 넣으려 했다네. 거기까
지 끌어 넣으면 아가멤논이 복병을 거느리고 나타나
그녀를 맞이하여 결전(決戰)을 벌일 것이네.

천둥의 신께 맹세코! 어린 수사슴처럼 조금도 쉬지
않고 몰아치며 자네를 뒤쫓는 그녀의 가슴을 냉각시
키기 위한 일을 벌이기에는 그곳이 적격이겠지.

그래서 나는 최상의 축복을 자네에게 주겠네.

왜냐하면 우리들의 행동을 방해하며 이 전장을 이리
저리 배회하는 그 요부는 내게도 역시 혐오의 대상
이기 때문이지.

나도 그녀를 죽도록 증오하네.

그런데 솔직히 말하면, 그녀의 장밋빛 뺨에서 자네
의 족적(足跡)을 기꺼이 보고 싶기도 하네.

아킬레스 (말들을 쳐다보면서)

말이 땀을 흘리고 있구나.

안틸로쿠스 누가?

아우토메돈   (손으로 말의 목을 검사하면서)

납처럼 굳었습니다.[14]

아킬레스   알았다. 그 말들을 몰고 가거라.

바람이 말들의 몸을 시원하게 식혀 주면, 그들의 가

슴과 양 허벅지를 포도주로 씻어 주어라.

아우토메돈   포도주를 갖고 왔습니다.

디오메데스   훌륭한 자여, 자네는 지금 우리들이 여기서 얼마나

불리하게 싸우는지 보았지.

우리들의 날카로운 눈길이 미치는 언덕마다 온통 여

군들의 무리로 뒤덮여 있네.

잘 익은 논의 메뚜기 떼라도 이처럼 밀집하지는 않

을 것이네. 이 경우에 승리는 누구의 것이겠는가?

저 반인반마의 괴물을 보았다고 말할 수 있는 자가

자네 말고 누가 있겠는가?

우리들이 황금의 갑옷을 입고 나가 그녀에게 트럼펫

을 크게 울리며 왕이라는 우리의 신분을 알린다고

해도 아무 소용이 없네.

그녀는 뒤로 물러나, 모습을 드러내지 않았네. 그리

하여 바람에 실려 오는 그녀의 은방울 같은 목소리

라도 멀리서 듣고 싶어 하는 사람은, 그녀를 마치 지

옥의 개처럼 경호하는 결속력 없는 잡병들과 명예도

---

14 말이 몹시 지쳐 있다는 뜻

안 되고 승패도 알 수 없는 싸움을 먼저 하지 않으면 안 되었네.

아킬레스　(멀리 쳐다보면서)

그녀는 아직도 저기에 서 있는가?

디오메데스　자네가 묻는 것은—

안틸로쿠스　여왕인가?

중대장　아무것도 보이지 않습니다—

비켜라, 저 투구의 깃털 장식을 치워라!

그리스 병사　(아킬레스의 팔에 붕대를 감으면서)

기다려 주십시오! 잠시만.

한 그리스 영주　저기 있군. 정말!

디오메데스　어디에 ?

그리스 영주　그녀가 낙마했던 떡갈나무 옆에! 투구 깃털 장식이 다시 그녀의 머리에서 나부낀다. 조금 전의 불행을 잊은 듯이 보이는데.

그리스 병사 1　자, 이제 끝났습니다.

그리스 병사 2　대장님은 이제 팔을 마음대로 사용하실 수 있게 되었습니다.

그리스 병사 1　이제 가셔도 좋습니다.

(그리스 병사들은 다시 하나의 매듭을 묶고 아킬레스의 팔을 놓아준다.)

오디세우스   아킬레스여, 자네는 우리들이 권고한 말을 들었는가?

아킬레스   내게 권고했다고?

아니, 아무것도 듣지 못했네. 그게 무엇이었던가?

여러분들이 원하는 게 뭔가?

오디세우스   우리들이 무엇을 원하느냐고?

이상한 일이네— 우리들은 아가멤논의 명령을 자네에게 전했네!

아가멤논은 우리들이 즉시 그리스인의 진영으로 돌아가기를 원하네.

자네가 보는 바와 같이 아가멤논은 안틸로쿠스를 파견하여 원수회의의 결정을 우리들에게 전해 주었네.

전투 계획은 아마존 여군들의 여왕을 트로이 성으로 유인하는 것이었네.

그곳에 오면 그녀는 양군의 진영에 끼어들게 되는 거지. 그렇게 되면 그녀는 어쩔 수 없는 상황에 처해 어느 편을 드는지를 밝히지 않으면 안 될 것이네.

그녀가 그 어느 쪽이든 선택을 하게 되면, 그때 우리는 적어도 우리가 해야 할 일을 알 수 있게 되지.

아킬레스여, 나는 자네의 총명함을 신뢰하고 있네.

자네는 이 현명한 요구에 따르리라 믿네.

올림포스 신들에게 맹세코 말하노니, 트로이를 공격하는 일이 우리에게 절박한 것일 때, 이 여군들이 우리한테서 무엇을 요구하는지 모른 채, 더구나 그들이 우리한테서 원하는 어떤 것이 있는지 없는지도 모른 채 이 여군들과 관계를 맺는 일은 정신 나간 행동이 될 것이네.

아킬레스　(다시 투구를 쓰면서)

원한다면 자네들도 환관처럼 싸우게나.

나는 자부심 있는 남자야! 군인들 중에서 아무도 싸우기를 원치 않는다면, 나 혼자라도 저 여자들과 싸우겠네!

자네들이 서늘한 떡갈나무 밑에서, 여군들이 있는 곳에서 노도처럼 일어나는 싸움에서 멀리 떨어진 채 무기력한 욕정에 젖어 그들을 계속 회피하든 말든 그것은 나와는 상관없네.

저승의 스틱스강에 맹세코, 나는 자네들이 일리움(트로이)으로 퇴각하는 것에 찬성하네.

그 신과 같은 여왕이 내게서 무엇을 갈망하는지 나는 알고 있지.

그녀는 화살을 공중으로 내게 여러 번 보냈네. 화살들은 여왕의 욕망을 내 귀에 죽음의 속삭임으로 전해 주었네.

나는 지금까지 아름다운 여인에게 그렇게 매정한 태도를 보인 적이 없네. 사랑스런 친구들이여, 자네들도 알다시피 나는 수염이 난 이후로 여인이 원하는 것이라면 무엇이든 모두 했네.

그런데 내가 오늘까지 저 여인을 거절하는 것은, 천
둥의 신 제우스에게 맹세코 그녀를 데리고 가, 아무
런 방해를 받지 않고 불길 같은 철 침대 위에서 그녀
가 원하는 대로 껴안을 수 있는 그런 자리를 숲에서
는 발견하지 못했기 때문이지.

자, 어쨌든 가세. 나도 자네들의 뒤를 따라 그리스인
의 진지로 가겠네.

밀애(密愛)의 시간도 얼마 남지 않았군. 그러나 그녀
의 사랑을 얻는 데에 몇 달이 걸리고 또 몇 년이 걸린
다 하더라도, 맹세코 나는 그녀를 내 신붓감으로 만
들기 전에는, 그녀의 이마에 치명적인 상처를 입혀
내 옆에 앉히고 트로이 시가를 행진하기 전에는, 결
코 내 전차를 친구들에게로 되돌리지 않겠네. 또 트
로이도 두 번 다시 보지 않겠어.

나를 따르라!

그리스 병사　(등장)

아킬레스님, 펜테질레아가 당신에게로 다가오고 있
습니다!

아킬레스　나 역시 그녀에게로 간다. 그녀가 벌써 자신의 페르
시아산 말 등에 다시 올라탔느냐?

그리스 병사　아직 아닙니다. 걸어서 이리로 오고 있습니다.

그러나 페르시아산 말은 이미 그녀 옆에 붙어서 걸
어오고 있습니다.

| 아킬레스 | 좋다! 그러면 병사들아, 내게 말 한 마리를 준비해 달라—! |

내 용감한 미르미돈 병사들이여, 나를 따르라!

(군대가 출동한다.)

안틸로쿠스	저 녀석은 미쳤다!
오디세우스	자, 빨리 자네의 웅변술로 설득해 보게! 안틸로쿠스여.
안틸로쿠스	억지로라도 그를 가지 못하게 하자!
디오메데스	늦었네. 그는 이미 떠났네!
오디세우스	이 아마존 여인과의 전쟁이 저주스럽구나!

(모두 퇴장)

제5장

펜테질레아, 프로토에, 메로에, 아스테리아, 그리고 수행원들, 아마존
여군들

| 아마존 여군들 | 만세, 승리의 여왕님! 정복자여! |

장미축제의 여왕님! 만세!

펜테질레아 개선을 축하할 것이 아니다! 장미축제를 열 일이 아니야!

전투가 다시 한번 나를 전쟁터로 나오라고 부르는구나.

저 젊고 오만한 전쟁의 신을 내가 제압하겠다.

친애하는 동료들이여! 수천 개의 태양들이 모두 녹아서 하나의 거대한 불덩이를 이룬다 해도, 내가 그를 싸워 이긴 승리만큼은 빛나지 않을 것이다.

프로토에 사랑하는 이여, 당신께 간청합니다—

펜테질레아 상관 말고 가만히 있어!

내가 결심한 것을 들어 보아라!

비록 네가 산에서 흘러 내려오는 물결을 막을 수는 있어도, 천둥번개와 같은 내 마음의 결심은 결코 멈추게 할 수 없어.

영광스런 전과를 기대하고 있는 오늘, 이제까지 누구도 그렇게 한 적이 없을 정도로 사기 충천한 내 전의를 어지럽힌 저 오만한 사나이를 내 발밑에 쓰러뜨려 놓겠다.

내가 저 사나이에게 다가갈 때마다, 그의 가슴을 장식하고 있는 황동 갑옷에 반사되는 내 모습은 과연 승리자, 남들이 무서워하는 승리자이며 아마존 여군들이 자랑하는 여왕이라고 말할 수 있을까?

모든 신들의 저주를 받은 나는,

그리스 군대가 나를 보고 무서워서 도망칠 때 혼자
남은 저 용사의 모습을 보고, 가슴 한복판에 화살을
맞은 듯이 힘이 빠지는 것을 느끼지 않았던가.
내가, 바로 내가 정복당하고 패배한 자가 아닌가?
유방도 없는[15] 내 몸 어디에 나를 압도하는 이 감정
이 자리할 곳이 있단 말인가?
나를 조소하는 남자가 기다리고 있는 전장의 소용돌
이 속으로 뛰어들어, 그와 싸워서 승리를 얻겠다. 그
렇지 않으면 나는 더 이상 살지 않겠다.

프로토에   사랑하는 여왕님, 당신의 머리를 이 충실한 가슴에
대고 잠시 쉬지 않겠습니까?
당신이 낙마할 때 가슴을 심하게 부딪쳤기 때문에
당신은 피가 끓어오르고 분노의 감정이 솟았습니다.
사지를 부들부들 떨고 계시군요!
당신의 정신이 맑은 상태로 돌아오기 전까지는 어떤
일도 결정하지 마십시오. 우리들 모두가 간청하는
바입니다.
자, 이리 오셔서 제 곁에서 잠시 쉬세요!

펜테질레아   왜? 무슨 이유로? 무슨 일이 생겼느냐? 내가 무슨 말
을 했니? 내가—? 도대체 내가 무엇을—?

---

15 전설에 의하면 아마존 여인들은 태어나자마자 오른쪽 유방을 잘라 내었는데, 그
이유는 훗날 전쟁에서 활을 잘 쏘게 하기 위한 것이었다고 한다.

프로토에 당신의 젊은 열정을 잠시 흥분시켜 싸움에서 승리를
얻기 위해서이겠지요.

당신은 전쟁의 유희를 다시 시작하렵니까?

당신의 가슴속에 제가 잘 모르는 어떤 비밀스런 소
망이 충족되지 않았다고 해서 당신의 국민들이 당신
을 위해 기도하여 씌워 준 그 축복의 관을 당신은 버
릇없는 아이처럼 그렇게 내던져 버리겠습니까?

펜테질레아 자, 들어 보아라! 오늘이라는 이 날의 내 운명을 저주
한다!

오늘이라는 이 날은 내가 가장 사랑하는 친구들의
마음과 심술궂은 운명이 함께 결합하여 내 마음을
해치고 욕되게 하려는구나!

욕망에 불타는 내 손을 뻗쳐 옆으로 스쳐 지나가는
영광의 금발 곱슬머리[16]를 움켜쥐려고 할 때, 심술궂
은 운명의 힘이 나의 길을 방해하는구나.

그러나 내 영혼은 반항하고 반발한다!

물러가라!

프로토에 (혼잣말로)

신들이여, 그녀를 보호하소서!

펜테질레아 오직 내 자신만을 생각하고 있는 것이 아닐까? 바로
내 자신의 욕망이 나를 전쟁터로 돌아가도록 불러내

---

16 아킬레스의 머리

지 않았는가?

승리에 미친 듯이 도취되어 귀에 들릴 정도의 날갯짓을 하며 멀리서부터 전장으로 다가가는 것이 우리 아군들인가? 혹은 '파멸' 아닌가? 저녁이 되어 하루의 일과가 끝난 것처럼 우리들이 쉬려고만 하다니, 대체 어떻게 된 일이냐? 우리들의 눈앞에는, 베어진 수확물이 풍성한 보화처럼 단에 묶여, 하늘을 향해 우뚝 서 있는 곡창에 높이 쌓여 있다. 그러나 불길한 구름이 그 위에서 둥실둥실 떠돌면서 그들을 파멸시킬 번갯불이 되어 내려올 듯 위협한다.

너희들은, 전쟁에서 정복한 청년들의 머리에 화관(花冠)을 씌워, 나팔과 꽹과리를 울리며 꽃향기 가득한 너희들 고향의 골짜기로 데려가지 못할지도 몰라.

아킬레스가 음침한 매복소에 숨어 있다가 너희들의 기쁜 개선 행진을 막기 위해 뛰쳐나오는 것이 내 눈에는 보이는구나.

그는 너희들과 포로들의 무리를 고향 테미스키라[17]의 성벽까지 따라갈 것이다.

더구나 신성한 아르테미스(디아나) 신전에서 장미로 장식한 쇠사슬을 포로의 수족에서 떼어 내고 우리들의 수족에는 쇠로 된 무거운 족쇄를 걸 것이다.

<hr>

17 아마존 여인국의 수도

닷새 동안 땀에 흠뻑 젖도록 그의 타도만을 꿈꾸었던 내가 오늘 다시 그의 추격을 피해 물러서야만 하는가?

휘둘러 내리치는 나의 칼바람에 마치 남쪽의 잘 익은 과일이 떨어지듯 그는 내 말발굽 아래로 굴러 떨어지지 않으면 안 된다는 말인가?

아니다. 내가 그렇게 화려하게 시작했던 일을 다 끝내지 못하는 한, 또 내 이마 주위에서 윙윙 소리를 내고 있는 월계관을 내 두 손으로 완전히 붙잡지 못하는 한, 내가 약속했던 대로 군신 마르스의 딸들을 환호하며 행복의 절정으로 데려가지 못하는 한, 행복의 금자탑이여, 나와 그들의 머리 위에 요란한 소리를 내며 무너지소서!

스스로 자제할 수 없는 이 마음을 나는 저주한다.

프로토에	여왕님, 당신의 눈은 아주 이상하게 또 아주 이해할 수 없게 빛을 발하고 있습니다.

그리고 영원한 밤에서 피어오르는 것 같은 그런 어둡고 무서운 생각이 불안한 제 가슴속에 떠돌고 있습니다.

당신의 마음을 이상하게 두렵게 하던 그리스 군인들이 당신의 모습을 보고서, 바람에 날려 흩어지는 왕겨처럼 주위로 도망쳤습니다.

한 자루의 창도 보이지 않습니다. 아킬레스는 당신

이 군대를 거느리고 모습을 드러내자마자 스카만드로스강 저쪽으로 물러갔습니다.

더 이상 그를 자극하지 마세요. 그의 눈에 띄지 않게 물러나세요.

주피터 신께 맹세코, 그는 이제 그리스의 요새로 발을 돌렸습니다. 저는 당신 군대의 후미를 방어하겠습니다.

올림포스의 신들에게 맹세코, 그는 당신에게서 단 한 사람의 포로도 빼앗아 가지 못할 것입니다!

몇 마일 밖에서 그의 군대의 무기가 내는 광채는 당신 군대에게 위협이 되지 못하며 또 그의 군마가 멀리서 내는 말발굽 소리는 당신 여군들의 웃음을 조금도 방해하지 못합니다.

제 목숨을 걸고서 그것을 보증하겠습니다.

펜테질레아　(갑자기 아스테리아 쪽으로 몸을 돌려)

그런 일이 일어날까, 아스테리아?

아스테리아　여왕님—

펜테질레아　프로토에가 요구한 대로, 내가 군대를 데리고 고향 테미스키라로 돌아갈 수 있을까?

아스테리아　여왕님, 저의 입장에서 말씀드리게 됨을 용서하십시오—

펜테질레아　좋다, 서슴없이 말해 보아라.

프로토에　(수줍어하며) 당신이 영주들을 전부 불러 모아서 그들에게 의견을 물어보신다면, 그러면—

펜테질레아　여기 있는 이 아스테리아의 의견을 알고 싶다—!

그 짧은 시간 안에 대체 내가 어떻게 되었단 말인가?

(잠시 사이— 제정신이 든다.)

내가 군대를— 아스테리아, 내게 말해 보아라!

내가 군대를 고향으로 다시 데려가도 괜찮을까?

아스테리아　여왕님, 당신이 그것을 원하신다면,

제 눈앞에서 벌어진 이 믿을 수 없는 광경에 제가 얼마나 놀랐는지 고백하겠습니다!

병사를 이끌고 당신보다 하루 늦게 코카시아산에서 출발했기 때문에 저는 급류처럼 돌진하는 당신의 군대를 따라갈 수가 없었습니다.

아시다시피, 오늘 새벽에야 비로소 전투 준비를 갖추어 이 장소에 도착했습니다.

그러자 환호하는 수천 명의 입에서 전해지는 소식이 제게 들렸습니다. "만세, 우리의 승리다. 우리가 원하던 모든 것이 얻어졌다. 아마존족의 모든 싸움이 끝났다."

전 국민의 기도가, 제가 참가할 필요도 없이, 이처럼 쉽게 당신에게 실현되었으니, 반드시 기뻐해야 할 것이라고 확신합니다.

저는 전군(全軍)에게 돌아가라고 명령했습니다.

그런데 저에겐 사람들이 전쟁의 노획물이라고 자랑

하는 전쟁 포로들을 보고 싶은 호기심이 생겼습니다. 얼굴이 창백해져 벌벌 떠는 소수의 잡병들, 그리스 군인들의 쓰레기들이 뒤쫓아 달려온 당신의 병참병들에 의해 그들이 도망가면서 던져 버린 방패 위에 주워 담기는 광경을 보았습니다.

위용을 자랑하던 트로이 성벽 앞에는 그리스 전군이 서 있었습니다. 아가멤논, 메넬라우스, 아약스, 팔라메데스, 오디세우스, 디오메데스, 안틸로쿠스 등이 서 있었습니다.

그들은 당신에게 도전하고 있습니다.

그렇습니다. 당신이 손에 장미를 들고 장식해 주어야 할 저 젊고 뻔뻔스런 아킬레스도 당신에게 도전하고 있습니다.

그는 당신의 목을 발로 짓밟고 싶다고 목청을 높입니다.

그런데도 위대하신 전쟁의 신 아레스의 따님인 당신이 고향으로 가는 개선 행진을 축하해도 괜찮으냐고 제게 물으십니까?

프로토에 (감정을 드러내며)

이 거짓말쟁이야, 영웅들은 여왕의 품위와 용기와 아름다움에 질려 무릎을 꿇었다—

펜테질레아 잠자코 있어라, 이 가증스런 것아!

아스테리아와 나는 같은 생각이다. 여기서 나와 칼

을 겨눌 만한 남자는 단 한 사람뿐이다—
바로 그 남자는 아직도 전장에 서서 내게 반항하는
구나!

프로토에   아, 여왕님. 그렇게 흥분하시지 마세요—

펜테질레아   독사 같은 년! 네 혓바닥을 놀리지 마라—!
너는 감히 여왕의 화난 모습을 보고 싶으냐?
꺼져라!

프로토에   그렇습니다, 저는 감히 여왕님의 분노를 무릅쓰고
말씀드립니다!
지금 이 순간 비겁하게도 듣기 좋은 아첨을 하며 당
신 곁에 배신자로 남기보다는, 오히려 당신의 모습
을 두 번 다시 보지 않겠습니다.
이렇게 정염에 사로잡힌 당신은, 처녀들의 전쟁을
지휘하기엔 어울리지 않습니다.
사냥꾼들이 음흉하게 넣은 독을 삼킨 사자가 투창에
맞설 수 없듯이, 당신은 그를 대적할 수가 없어요.
영원한 신들에게 맹세하건대, 당신은 현재의 마음
상태로는 아킬레스를 무찔러 이길 수가 없습니다.
오히려 당신은 우리의 팔이 그렇게 힘든 수고를 치
르고 얻은 모든 젊은이를 단지 당신의 광기 때문에
해가 지기 전에 잃게 될 것이라고 저는 확신합니다.

펜테질레아   참으로 이상해서 이해할 수도 없구나!
대체 왜 갑자기 그렇게 비겁해졌느냐?

프로토에　　　뭐 제가 비겁해졌다고요?

펜테질레아　　네가 싸워서 이긴 자가 대체 누구냐? 말해 보아라!

프로토에　　　아르카디아의 젊은 영주 리카온입니다.

저는 당신이 그를 보았다고 생각합니다.

펜테질레아　　그래 그래, 내가 어제 포로들을 찾아갔을 때 투구의
깃을 꺾어 쓴 채 떨면서 서 있던 사람인가?

프로토에　　　떨다니요?

아닙니다. 그는 아킬레스가 당신에게 맞섰던 것처럼
의연하게 서 있었습니다.

전투에서는 제가 쏜 화살에 정통으로 맞아 제 발밑
으로 굴러떨어졌습니다.

저는 장미축제 날에 그를 우리의 신성한 전당으로
데리고 갈 생각입니다.

펜테질레아　　그게 정말이냐? 저런, 너는 그렇게 흥분하고 있구나!
그렇다면— 아무도 그를 네게서 뺏을 수가 없겠구
나—!

애들아, 포로들 중에서 아르카디아인 리카온을 데려
오너라—!

싸울 의지도 없는 처녀여, 너는 그를 잃지 않도록 그
의 손을 잡고 떠들썩한 전쟁터에서 그와 함께 도망
치는 것이 좋을 것이다.

먼 산골짜기의 향기로운 라일락 숲속에, 나이팅게일
이 욕정을 자극하는 노래를 불러 주는 곳으로 숨어

버려라.

그리고 거기서 너는 즉시 네 마음이 동경하는 축제를 열어라, 음탕한 여자야. 하지만 내 눈앞에서 영원히 사라져라.

나의 수도(首都)에서 추방한다. 명예와 조국과 사랑, 여왕과 친구들, 모든 것이 네게서 사라지면 사랑하는 남자와 그의 키스에서 위로를 찾아라. 가라, 빨리 가! 아무 말도 듣고 싶지 않다! 보기 싫은 네 모습을 내 눈앞에서 치워라!

메로에 아, 여왕님!

다른 영주 (수행원 속에서 나오며)

무슨 그런 말씀을 하십니까!

펜테질레아 닥쳐라! 이 여자를 위해 변호하는 자는 용서하지 않겠다!

한 아마존 여군 (등장)

아킬레스가 이쪽으로 다가오고 있습니다. 여왕님!

펜테질레아 그가 다가온다—

자, 처녀들이여, 전장으로 나가자!

가장 예리한 창을 내게 다오! 가장 시퍼렇게 날이 선 칼을 가져오너라!

오, 신들이여! 당신들은 내가 그토록 갈망하는 그 젊은이와 싸워 이겨 그를 내 발밑에 처박는 기쁨을 내게 주시옵소서. 내 인생의 모든 행복을 당신들에게 바치겠습니다.

아스테리아여! 네가 군대를 통솔하여라!

그리스군의 병참부대와 상대하고, 나의 전투를 방해하지 않도록 조심해!

우리 처녀군의 누구도 아킬레스를 쏘면 안 돼! 그의 머리를— 아니 내가 무슨 말을 하는가—!

그의 곱슬 머리카락 하나라도 건드리는 자는 죽음의 화살을 맞게 될 것이다!

오직 나 혼자만이 신의 아들인 그를 넘어뜨릴 기술을 알고 있도다! 동지들이여, 여기 입고 있는 이 철갑옷이야말로, 그를 부드럽게 포옹하여—

철갑옷을 입고 그를 포옹하는 것이 나의 운명이야. 고통 없이 내 가슴으로 끌어내릴 것이다.

봄의 꽃들아, 너희들은 그가 떨어질 때 그의 팔 다리 중 어느 것도 다치지 않도록 머리를 들어 그를 받아주어라.

그의 심장의 피보다는 차라리 내 심장의 피를 잃고 싶다.

공중에서 아름다운 새를 떨어뜨리는 것처럼 그를 내 곁으로 떨어뜨리기 전까지 나는 쉬지 않겠다.

그런데 그 새는 지금 꺾인 날개로써 내 발밑으로 날아들지만, 처녀들아, 조금도 그 자홍색의 색깔을 잃지 않고 있다.

자, 그럼 하늘에 계신 모든 영령들이여, 강림하시어
우리의 승리를 축하해 주십시오.

그러면 개선의 행진은 고향으로 향하고 그때 나는
장미축제의 여왕이 된다—!

자 나를 따라오너라—

(출정하려는 그녀는 울고 있는 프로토에를 보고 불안해하
며 몸을 뒤로 돌린다. 그러고는 갑자기 그녀의 목을 껴안
는다.)

프로토에여, 내 마음의 자매여! 너는 나를 따라오
겠니?

프로토에   (희미한 목소리로)

저승까지라도 당신을 따라가겠습니다!

당신 없이 제가 어떻게 하늘의 영령들에게로 갈 수
있겠습니까?

펜테질레아   누구보다도 네가 제일이다!

함께 싸우러 가겠지? 자, 우리 싸워서 함께 승리를
쟁취하자.

승리도 함께, 패배도 함께한다.

구호는 이렇다. 우리의 적인 용사를 타도하여 그의
머리를 장미꽃으로 장식하거나 아니면 우리들이 패
배하여 우리의 머리에 비탄의 상징인 실측백나무를
꽂자!

(모두 퇴장)

제6장

여신 디아나의 여제사장이 무녀들을 데리고 등장, 그 뒤를 따라 장미를
담은 바구니를 머리에 인 젊은 소녀들 무리와 포로들이 무장한 아마존
여군들에 이끌려 나온다.

여제사장　　자, 내 사랑하는 어린 장미 소녀들아, 지금 너희들이
　　　　　　이리저리 다니며 꺾어 모은 것을 내게 보여 다오!
　　　　　　바위 사이에서 호젓이 샘이 솟아나고 소나무 숲이
　　　　　　그늘진 이곳은 안전하다.
　　　　　　여기서 너희들이 모아 온 것을 내 앞에 모두 내놓
　　　　　　아라.

소녀 1　　　(자기 바구니를 비우면서)
　　　　　　보세요, 제가 꺾은 이 장미를, 성스런 어머니!

소녀 2　　　(똑같은 동작으로)
　　　　　　무릎까지 올라오는 이 많은 꽃이 제가 꺾은 것입니다.

소녀 3　　　이것이 제 것입니다!

소녀 4　　　온 봄을 가득 채우는 이것은 제가!

(다른 젊은 소녀들도 뒤따라 바구니를 비운다.)

여제사장   마치 히메타산[18] 정상처럼 활짝 피었네!

그런데 이와 같은 축복의 날은, 아 디아나 여신이여,

당신의 국민들에게는 지금까지 없었습니다.

어머니들과 딸들이 내게 선물할 꽃을 갖고 왔습니다.

꽃의 화려함 때문에, 또 어머니와 딸들로부터 온 이

중의 화사한 선물에 눈이 부신 나는 그들 중 누구에

게 더 감사를 해야 할지 모르겠다.

그런데 소녀들아, 이것이 너희들이 꺾은 것 전부이냐?

소녀 1   당신께서 여기서 보시는 것 말고는 더 이상 없습니다.

여제사장   그렇다면 너희의 어머니들이 더 열심히 꺾었구나.

소녀 2   신성하신 여제사장님, 이 넓은 평원에서는 장미꽃을

꺾는 것보다도 포로를 잡는 것이 더 쉽습니다.

우리 주위의 모든 언덕 위에는 젊은 그리스인이 무

리를 지어, 열심히 수확할 처녀의 낫을 기다리는 곡

식처럼 빽빽이 늘어서 있었습니다.

주위의 골짜기에는 장미꽃이 드문드문 피어, 확실히

좋은 하나의 방어벽을 이루고 있었기 때문에 그 가

시 망을 헤쳐 나가기보다는 화살이랑 창살이 빗발치

는 가운데를 헤집고 나가는 것이 더 쉬웠습니다—

제발 여기 이 손가락을 보세요!

---

18 중부 그리스 반도에 있는 산

소녀 3   당신에게 바칠 한 송이의 장미를 꺾기 위해 저는 위
          험을 무릅쓰고 튀어나온 바위 위로 기어올라 갔습
          니다.
          그리고 그곳의 작은 봉오리 하나는 희미한 빛을 내
          기는 했으나 푸르스름한 꽃받침 때문에 아직 성숙할
          만큼 활짝 피지 못했습니다.
          그런데 제가 그것을 꺾다가 그만 발을 헛디디어 낭
          떠러지 아래로 굴러떨어졌습니다. 정말이지, 저는
          그때 죽음의 밤과 같은 심연 속으로 가라앉는다고
          생각했습니다.
          그러나 다행스럽게도 그 밑에는 장미꽃이 만발해 있
          었고, 그 꽃들은 우리 아마존 여군들의 승리를 열 번
          이라도 축하할 수 있는 양이었습니다.

소녀 4   신성하신 여제사장님, 저는 당신을 위해 한 송이의
          장미꽃만을 꺾었습니다.
          단 한 송이지요. 그것이 어떤 장미냐 하면, 보세요!
          여기 이 장미는, 왕의 머리에 화관으로 씌워 드려도
          손색이 없는 것입니다.
          펜테질레아가 신의 아들인 아킬레스를 쓰러뜨린다
          고 하더라도, 이보다 더 아름다운 꽃을 원할 수는 없
          을 것입니다.

여제사장   좋다. 그럼 펜테질레아가 그를 쓰러뜨리면, 너는 왕
          에게 어울리는 그 장미를 그녀에게 바쳐야 한다.

그녀가 올 때까지 그 꽃을 조심스럽게 간직해라!

소녀 1 장차 우리 아마존 군대가 꽹과리 소리에 맞춰 다시 전쟁터로 나갈 때가 오면 우리들도 데리고 가겠다고 약속해 주세요.

하지만 이번에는 어머니들의 승리를 찬양하기 위해 그저 장미를 꺾거나 화관을 만드는 것만으로 끝내면 안 됩니다.

이미 투창을 흔들고 있는 제 팔을 보세요. 저는 투석기를 휙휙 날려 보내 표적을 맞힐 수 있습니다. 그렇게 생각하지 않습니까? 저의 남자를 위한 화관용 장미꽃들이 이미 피었습니다―

이 활시위가 목표로 하는 그 젊은 남자는 전란의 소용돌이 속에서 용감히 싸우고 있는지도 모르겠습니다.

여제사장 그렇게 생각하느냐―? 물론 네가 잘 알고 있겠지― 너는 벌써 네 젊은 남자를 위한 장미를 발견했느냐? 다음 해 봄, 그것들이 다시 피면 너는 뒤엉킨 군인들 속에서 그 젊은 남자를 찾아내야 할 것이다― 그러나 지금은 기쁨에 충만한 어머니들의 마음이 이 장미들을 엮어 빨리 화관을 만들라고 재촉하신다!

소녀들 (모두 함께) 일을 합시다! 어떻게 시작할까?

소녀 1 (소녀 2에게) 이리 와! 글라우코토에!

소녀 3 (소녀 4에게) 가르미온, 이리 와!

(그들은 둘씩 짝을 지어 앉는다.)

소녀 1 우리들은 깃털을 높이 단 알세스트를 쓰러뜨린 오르니티아를 위해 화관을 엮고 있다.

소녀 3 그리고 우리들은— 파르테니온을 위해서야. 얘들아, 저 아이에게 메두사[19]의 머리 문양을 한 방패를 들고 다니는 아테네우스를 생포하게 하자.

여제사장 (무장한 아마존 여군들에게)

자, 너희들의 손님을 즐겁게 해 주지 않겠느냐?

마치 내가 너희들에게 사랑의 일을 가르쳐 주어야만 하는 것처럼—!

거기 그렇게 무정하게 서 있지 말아라. 처녀들아, 왜 너희들은 그들에게 다정하게 말을 건네 보지 않으려는 거야?

전쟁에 지친 친구들이 무엇을 바라며, 소원이 무엇인지, 필요한 게 무엇인지 왜 들어 보려고도 하지 않느냐?

아마존 여군 1 여제사장님, 그들은 아무것도 필요 없다고 말했습니다.

아마존 여군 2 그들은 저희들에게 화를 내고 있습니다.

아마존 여군 3 저희들이 그들 곁에 다가가면 그들은 반항적으로 저

___
19 머리카락은 뱀이고 이를 본 자는 모두 돌로 변한다는 괴물

희들을 욕하며 등을 돌릴 것입니다.

여제사장 하느님 맙소사, 만약 그들이 너희들에게 화를 낸다면, 그들의 기분을 풀어 주어라!

전투 와중에 너희들은 왜 그렇게 심하게 그들을 공격했느냐?

무슨 일이 있게 되는지 말해 주고 그들을 위로해 주어라. 그러면 그들도 그렇게 냉담하지는 않을 것이다.

아마존 여군 1 (한 그리스인 포로에게)

부드러운 양탄자 위에서 손발을 쉬지 않겠습니까, 젊은이여?

매우 지쳐 보이는 당신을 위해 제가 저 월계수나무 그늘 밑에 봄의 꽃으로 만든 침대를 펴 드릴까요?

아마존 여군 2 (똑같이)

제가 향기 좋은 페르시아아산 기름을 우물에서 솟은 신선한 물에 섞어 먼지 덮인 당신 발을 상쾌하게 씻어 드릴까요?

아마존 여군 3 제 손으로 정성을 다해 당신께 드리는 오렌지주스를 거절하지 마십시오.

세 아마존 여군들 제발 말씀 좀 해 보세요. 우리들이 무엇을 갖다 드릴까요?

그리스 병사 아무것도 필요 없어요!

아마존 여군 1 참 이상한 사람이군! 왜 그렇게 슬퍼하고 있습니까?

우리는 화살을 통에 가만히 두었는데 당신은 우리를

보고서 그렇게 깜짝 놀라니 그 이유가 무엇입니까?

이 사자의 모피가 당신을 놀라게 한 것입니까—?

혁대를 매고 있는 당신, 말해 보세요! 무엇이 두렵습

니까?

그리스 병사 (그녀를 오랫동안 주시한 후)

저기서 엮고 있는 화관들은 누구를 위한 것이지요?

말해 주세요!

아마존 여군 1 누구를 위한 것이라니요? 당신들을 위한 것이지요!

당신들 말고 또 누가 있겠습니까?

그리스 병사 우리를 위한 것이라고요! 어찌 그런 말을 합니까,

잔인한 사람들 같으니! 당신들은 우리의 목을 꽃으

로 장식하여 마치 희생양처럼 도살장으로 끌고 가

렵니까?

아마존 여군 1 당신들을 아르테미스 신전에 바치겠습니다! 어떻게

생각하십니까?

그 신전의 어둠침침한 떡갈나무 숲속으로 데리고 가

겠습니다.

그곳에는 끝없는 환희가 당신들을 기다리고 있을 겁

니다!

그리스 병사 (놀라, 목소리를 낮추어 다른 포로들에게)

꿈속에서 일어나는 일인들 이곳에서 실제로 벌어지

는 일보다 더 흥미진진할까?

제7장

아마존 여군의 중대장 등장. 앞에 나온 사람들

여군 중대장   여제사장님, 여기에 계셨군요!

엎어지면 코 닿을 만큼 가까운 거리에 계셨군요.

아군은 피비린내 나는 결전을 치를 준비가 돼 있습

니다!

여제사장   우리 군대가? 불가능해! 어디에 있다고요?

여군 중대장   스카만드로스강이 흐르는 저 평지에 있습니다.

산에서 불어오는 바람에 귀를 기울여 보시면, 여왕

님이 외치는 소리, 번쩍이며 부딪치는 무기 소리, 군

마의 울음소리, 나팔 꽹과리 그리고 트럼펫 소리를

처절한 전투 소리와 함께 들으실 겁니다.

어느 무녀   누구 저기 언덕 위로 빨리 올라갈 사람 없느냐?

소녀 일동   저요! 저요!

(그들은 언덕 위로 오른다.)

여제사장   여왕님의 목소리 아닌가—!

아니, 나는 믿을 수가 없어—!

전투가 아직 끝나지도 않았는데 여왕님은 왜 장미축

제를 명령하셨을까?

여군 중대장   장미축제 말입니까—?

　　　　　　　대체 누구에게 여왕님이 명령을 내리셨습니까?

여제사장　　　저에게! 제게 명령을 내리셨습니다!

여군 중대장   언제? 어디서요?

여제사장　　　조금 전, 제가 저 방첨탑의 그늘에 서 있을 때입니다.

　　　　　　　그때 아킬레스와 그를 추격하는 여왕이 마치 바람처럼 제 옆을 지나갔습니다.

　　　　　　　그리고 저는 제 옆을 쏜살같이 지나가는 여왕님께 전황을 물었습니다.

　　　　　　　그러자 여왕님은 “당신이 보시듯이 장미축제에 가고 있습니다”라고 대답했습니다.

　　　　　　　그리고 제 옆을 날듯이 스쳐 가면서 “성스러운 여인이여, 꽃을 준비해 두세요!”라고 소리쳤습니다.

무녀 1　　　　(소녀에게)

　　　　　　　소녀들아, 여왕님의 모습이 보이는지 말해 보아라.

소녀 1　　　　(언덕 위에서)

　　　　　　　안 보입니다. 아무것도 보이지 않습니다!

　　　　　　　투구의 깃털도 누구 것인지 분간할 수 없습니다.

　　　　　　　폭풍을 머금은 검은 구름의 그림자가 주위의 넓은 평원을 지나가고 있습니다.

　　　　　　　오직 상대방을 죽음의 평원으로 보내기 위해 몰아치고 있는 뒤엉킨 병사들만 보일 뿐입니다.

무녀 2　　　　제 생각으로는 여왕님이 아군의 퇴각을 엄호하실 것 같습니다.

무녀 1   저도 그렇게 생각합니다.

여군 중대장   아닙니다. 여왕님은 전투 준비를 하고서, 아킬레스
와 대치하고 계십니다.

여왕님은 페르시아산(産) 말처럼 공중에 앞발을 높
이 차올리고, 속눈썹 아래로는 그 어느 때보다도 더
뜨거운 눈길을 보내고 계십니다.

마음껏 환호성을 지를 듯한 호흡은 젊은 전사가 가
슴을 열고 맨 처음 전장에 출정할 때 공기를 들이마
시는 것과 거의 같은 모습입니다.

여제사장   올림포스의 신들에게 맹세코, 도대체 여왕님이 노리
는 것이 무엇입니까?

우리 주변의 모든 숲들이 수천 명의 포로들로 가득
차 있는데 이 이상 더 손에 넣을 것이 있겠습니까?

여군 중대장   손에 더 넣을 것이 남아 있겠느냐고요?

소녀 일동   (언덕 위에서)

신들이여!

무녀 1   그런데? 무슨 일이지? 구름의 그림자가 물러갔느냐?

소녀 1   아, 성스런 여제사장님, 이리 올라오셔서 보십시오!

무녀 2   눈에 보이는 것을 말해 봐!

여군 중대장   그 밖에 손에 넣을 것이 무엇이 더 남아 있겠느냐
고요?

소녀 1   보세요, 보세요. 태양의 강한 광선이 짙은 구름의 갈

라진 틈을 통해 아킬레스의 머리 위를 비추는 것을!

여제사장   누구의 머리 위를?

소녀 1   그의 머리지요! 다른 누가 있겠습니까?

그는 그 언덕 위에서 빛을 번쩍번쩍 발하면서 서 있습니다.

그와 그의 말은 모두 강철로 몸을 단단히 감싸고 있습니다.

청색 사파이어도, 옅은 황색의 크리솔라이트 같은 보석도 그런 광채를 내지는 못할 것입니다.

화려하게 꽃이 피어 있는 주변의 대지는 폭풍의 밤과 같이 어둠에 싸여 있어서 오직 깜깜한 땅만 보이고, 그 위에 서 있는 단 한 사람의 광채를 더욱 돋보이게 할 뿐입니다.

여제사장   그런데 아킬레스가 우리 국민들과 무슨 관계가 있느냐?

군신 아레스의 딸인 여왕이 특별히 한 남자를 주목해 싸우는 것이 어울리는 일이란 말이냐?

(한 아마존 여군을 향해)

아르지노에여, 너는 즉시 여왕님 앞으로 달려가, 나의 디아나 여신의 이름으로 이렇게 말씀 드려라.

'군신 마르스가 자기 신부들 앞에 모습을 드러내었습니다. 지금은 그 군신을 화관으로 장식해 고향으로 데려오셔서, 여신의 신전에서 즉시 그를 위한 성

스러운 장미축제를 열어야 합니다. 이 여제사장이
여신의 노여움을 무릅쓰고 진언합니다.'

(그 아마존 여군 퇴장)

이런 미친 짓은 일찍이 들어 본 적이 없구나!

무녀 1　　소녀들아! 아직도 여왕의 모습을 보지 못했느냐?

소녀 1　　(언덕 위에서)

이제 잘 보입니다. 온 전장이 밝아지며— 저기 여왕
님이 나타나셨습니다!

무녀 1　　어디에 여왕님이 나타나셨지?

소녀 1　　모든 여군들의 선두에!

보세요! 여왕님이 금빛으로 번쩍이는 갑옷을 입고 전
의에 불타며 그를 향해 춤추듯이 뛰어가고 계십니다!
여왕님은 뜨거운 질투심에 사로잡혀, 그 젊은이의
이마에 키스하려는 태양의 빛과 속도를 다투는 것처
럼 보이지 않습니까! 보세요!
여왕님은 하늘의 경쟁자인 태양과 어깨를 나란히 하
려고 공중으로 날아오르지만,
여왕의 페르시아산 말은 여왕님의 소망대로 가볍게
공중으로 날아오를 수 없네요!

여제사장　　(중대장에게)

여왕님의 수행원들 중 그 어느 누구도 여왕을 제지
시킬 간언을 하지 않았다는 말인가?

여군 중대장　　여왕님의 수행원인 영주들 모두가 그녀의 길을 막았습니다.

바로 이 자리에서 프로토에는 온갖 수단과 방법을 다 써 보았습니다.

여왕님이 테미스키라로 돌아가시도록 설득하기 위해 온갖 웅변기술을 동원했습니다.

그러나 여왕님은 이성의 소리에 귀를 기울이지 않았습니다.

소문에는 여왕님의 젊은 심장이 사랑의 독이 묻은 화살에 맞았답니다.

여제사장   무슨 말을 하고 있는 거야?

소녀 1   (언덕 위에서)

아, 이제 그들이 싸우기 시작하는군요!

아, 신들이여! 당신들의 대지를 꽉 붙잡으세요—!

지금, 바로 지금, 제가 말을 하는 이 순간,

그들은 두 개의 별들처럼 서로 부딪치고 있습니다!

여제사장   (중대장에게)

지금 여왕님에 대해 말했지요? 있을 수 없는 일입니다!

사랑의 화살에 맞았다고요—? 언제? 어디서?

금강석의 혁대를 가진 총사령관님이? 유방도 없는 군신 마르스의 딸이 독 묻은 화살의 표적이 될 수 있습니까?

여군 중대장   어쨌든 모든 사람들이 그렇게 말하고 있고, 메로에도 방금 제게 똑같이 말했습니다.

여제사장　　무서운 일입니다.

(앞의 그 아마존 여군이 다시 돌아온다.)

무녀 1　　자? 무슨 소식을 가져왔니, 말해 봐!

여제사장　　말씀을 전했느냐? 여왕님께 말씀드렸느냐?

아마존 여군　　용서해 주세요 여제사장님, 제가 너무 늦었습니다. 저는 많은 여자 수행원들에게 둘러싸인 여왕님이 여기저기서 나타나시는 것을 보았으나 뒤따라가 만나서 말씀드리지는 못했습니다.

그러나 저는 잠깐 동안 프로토에를 만났고, 그녀에게 당신의 뜻을 전해 드렸습니다.

그녀는 한마디 대답을 했습니다―

너무나 당황한 나머지 제가 제대로 들었는지 저도 잘 모르겠습니다.

여제사장　　아, 그녀가 무슨 말을 하던가?

아마존 여군　　그녀는 말을 세우고, 눈에 눈물을 글썽거리면서 여왕님을 바라보았습니다.

그리고 제가 그녀에게 "여제사장님은, 정신을 잃은 여왕님이 오직 한 남자의 머리를 얻기 위해 전쟁을 더 오래 끄는 것에 대해 매우 화가 나 계십니다"라고 말을 하자,

그녀는 "너의 여제사장님에게 가서, 여왕님을 위해
서라도 전쟁에서 한 남자의 머리가 떨어지도록 무릎
꿇고 기도하시라고 말씀드려라. 그렇지 않으면 여왕
님에게도 또 우리에게도 구원은 없다"라고 대답했습
니다.

여제사장　아, 여왕님은 앞뒤를 가리지 않으시고 저승길로 내
려가고 있구나!

그녀는 적과 마주치면 그 적에게는 지지 않지만, 자
기 가슴속에 있는 적한테는 굴복하는구나.

그녀는 우리들을 모두 낭떠러지 아래로 떠밀어 버릴
겁니다.

내 눈에는, 포로가 된 우리들을 조소하면서 그리스
로 싣고 가는, 리본으로 장식된 배의 용골 부분이 벌
써 다다넬스해협의 파도를 헤치고 나아가는 모습이
보이는구나.

무녀 1　자, 보십시오. 불행한 소식이 벌써 저기 다가오고 있
습니다.

제8장

아마존 여군의 연대장이 등장, 앞에 나온 사람들

연대장	피하십시오! 포로들을 구하십시오, 여제사장님!
	그리스 군대가 모두 몰려오고 있습니다.
여제사장	올림포스의 신들이여! 무슨 일이 일어났습니까?
무녀 1	여왕님은 어디에 계십니까?
연대장	전사하셨습니다. 아마존의 군인들은 모두 흩어졌습
	니다.
여제사장	당신 실성했군! 무슨 그런 말을 합니까?
무녀 1	(무장한 아마존 여군들에게)
	포로들을 저리 데려가세요.

(포로들이 끌려간다.)

여제사장	말해 보세요. 여왕님이 언제, 어디서 쓰러지셨습니까?
연대장	그럼 그 끔찍한 일을 간단히 말씀드리겠습니다.
	아킬레스와 여왕님은 창을 쭉 내뻗고 마치 검은 구
	름에서 나온 두 개의 번개가 충돌하듯이 서로 마주
	쳤습니다.
	서로의 가슴을 찌른 투창은 갑옷보다도 약했으므로
	산산이 부서졌습니다.
	아킬레스는 서 있고, 펜테질레아는 말에서 떨어졌습
	니다. 죽음의 그림자가 그녀에게 다가왔습니다.
	그리고 그녀는 이제 상대의 발밑에서 뒹굴며, 그의
	복수의 일격을 기다리는 듯했습니다. 누구라도 그가

그녀를 확실하게 저승으로 보내 버릴 것이라고 믿었습니다.

그러나 불가사의하게도 그는 죽음의 그림자에 둘러싸인 채 창백한 얼굴로, "아, 신들이여! 죽어 가는 자의 시선이 얼마나 나를 아프게 찌르는가!"라고 외쳤습니다. 그는 즉시 말에서 뛰어내렸습니다.

한편 우리 여자들은 놀라움에 사로잡힌 채 여왕님의 명령을 받들어 그곳에 서 있었지만, 그를 향해 감히 칼을 뽑아 들지는 못했습니다.

그는 얼굴 색이 새파래진 여왕님께 과감하게 다가가, 그녀 위로 몸을 굽혀 "펜테질레아여!" 하고 부르면서, 두 팔로 그녀를 높이 안아 올렸습니다.

그러고는 자기가 한 행동을 큰 소리로 저주하면서 비탄의 소리를 지르며, 그녀를 다시 살려내려고 노력했습니다!

여제사장 그가— 뭐라고? 원수인 그가?

연대장 "물러나라, 이 가증스런 놈아!"라고, 우리 군 전체가 그에게 우레 같은 소리를 질렀습니다.

프로토에는 "그가 그 자리에서 물러나지 않으면 죽음으로써 응답할 수밖에 없다. 그에게 가장 예리한 화살을 쏘아라"고 외치면서, 말발굽으로 그를 쫓아내고 여왕님을 그의 팔에서 빼앗아 내었습니다.

그사이에 불행한 여왕님은 깨어났습니다.

병사들은 가슴이 풀어헤쳐진 채 봉두난발이 된 머리로 가쁜 숨을 몰아쉬는 그녀를 대열의 후미로 데려왔습니다.

거기서 여왕님은 정신을 회복했습니다.

그런데 저 아킬레스는 전혀 이해할 수 없는 방식으로 다가왔습니다—

신이 청동의 갑옷을 입고 있는 그의 가슴속 심장을 갑자기 녹여 부드러운 사랑의 마음으로 바꾸어 버렸습니다—

그는 "멈추어라. 여러분들이여. 아킬레스가 영원한 평화로써 여러분들에게 인사를 보내노라"라고 외치며, 칼과 방패를 버리고 가슴의 갑옷도 벗어 던진 채 아무 두려움 없이 여왕을 따라왔습니다.

만약 그를 때려잡으라는 명령만 있었던들 우리는 그를 곤봉으로, 아니 맨손으로도 쓰러뜨릴 수가 있었을 것입니다.

그러나 그 뻔뻔스런 미치광이는 자신의 목숨이 우리의 화살로부터 안전하다는 것을 이미 알고 있는 모양이었습니다.

여제사장　　그럼 누가 그런 미친 명령을 내렸습니까?

연대장　　여왕님이었지요! 다른 누구이겠습니까?

여제사장　　무서운 일이다!

무녀 1　　보세요! 보세요! 이미 저기, 여왕님이 절망적인 모습

을 한 채 프로토에의 손에 이끌려 비틀거리며 이쪽
으로 오고 계십니다.

무녀 2   아, 영원하신 신들이여! 이게 무슨 광경인가!

제9장

펜테질레아가 프로토에와 메로에의 부축을 받으며 수행원들과 함께 등장

펜테질레아   (약한 목소리로)

그를 향해 모든 개들을 풀어놓아라!

타오르는 횃불을 들고 모든 코끼리들을 그 남자에게

향하도록 채찍질해라!

큰 낫이 달린 전차로 그를 넘어뜨리고 그의 건장한

사지를 베어 버려라!

프로토에   여왕님! 우리는 당신에게 간청합니다.

메로에   우리들이 하는 말을 제발 들어 보십시오!

프로토에   아킬레스가 당신 뒤를 바짝 쫓고 있습니다.

만약 당신의 생명을 조금이라도 소중히 여기신다면,

도망치십시오!

펜테질레아   나의 이 가슴을 산산조각 내기 위해 그가 나를 따라

왔단 말인가? 프로토에여!

그렇다면 그것은 칠현금이 밤에 바람을 받아 저절로

내 이름을 나지막하게 속삭였다고 해서, 내가 화를 내어 그 칠현금을 발로 밟아 산산조각 내는 꼴이 아닌가?

내가 그에게 접근해 갈 때와 같은 그런 감정을 품고 내게 접근한다면, 그것이 곰이라도 나는 그 발밑에 쭈그리고 앉겠다. 또한 그것이 사나운 표범이라도 부드럽게 어루만져 주겠다.

메로에 그렇다면 당신은 도망가시지 않겠다는 말씀입니까?

프로토에 도망가시지 않겠습니까?

메로에 여왕님은 자신을 구하지 않으시렵니까?

프로토에 말로써 표현할 수 없는 일이 바로 여기 이 자리에서 일어나야 한단 말입니까?

펜테질레아 전쟁터에서 싸우면서 그의 사랑을 얻어 내야만 하는 것이 나의 죄란 말인가? 그를 향해 칼을 뽑았을 때 나는 대체 무엇을 원했던가? 그를 황천으로 내던지기를 내가 바랐단 말인가? 물론 나는 그를 원한다. 영원한 신들이여! 나는 저 남자를 이 가슴에 끌어들이고 싶을 뿐이다.

프로토에 여왕님이 실성했다—

여제사장 불쌍한 여왕님!

프로토에 그녀는 제정신이 아닙니다!

여제사장 그녀는 오직 한 남자만을 생각하고 있습니다.

프로토에 그녀는 말에서 떨어진 뒤로 완전히 정신이 나갔습니다.

펜테질레아 (억지로 정신을 차리면서)

좋다. 너희들이 원하는 대로 해라. 나는 다시 정신을 차리겠다.

어쩔 수 없이, 나는 내 마음을 억누르고, 꼭 필요한 일을 우아하게 처리하겠다.

너희들이 하는 말도 옳다. 내가 꼭 어린아이처럼 일시적인 내 소망을 충족시키지 못했다고 해서, 왜 나의 신들과 관계를 끊어야 하나? 자, 가자.

나는 내게 행운이 주어질 것이라고 믿는다—

비록 행운이 하늘에서 떨어져 내리지 않는다 해도, 그 때문에 나는 하늘을 향해 돌격하지는 않겠다.

내가 여기서 떠날 수만 있게 도와다오!

말 한 마리를 이곳에 몰아다 줘. 그러면 나는 너희들을 다시 고향으로 데려가겠다.

프로토에 아, 여왕님, 여왕의 품위에 어울리는 당신의 말씀 한마디에 세 배의 축복이 내렸습니다.

오십시오. 자, 모두들 후퇴할 준비가 되어 있습니다.

펜테질레아 (소녀들의 손에 있는 장미 화관을 보면서, 분노한 표정으로) 아니, 저런!

누가 장미들을 꺾으라고 명령했던가?

소녀 1 누구라니요? 잊으셨습니까, 여왕님? 다름 아닌—

펜테질레아 누군가?

여제사장   이제, 당신을 따르는 소녀들이 열망했던 승리의 축제를 열지 않으면 안 됩니다! 당신 자신의 입으로 그 명령을 내리지 않았습니까?

펜테질레아   나의 이 천한 조급함이여 저주를 받아라!

피를 내뿜는 살육의 와중에서도 광란의 축제를 생각한 나를 저주한다!

마치 목줄 풀린 개처럼 소리 지르고, 나팔의 주둥이를 세게 불며, 모든 대장들의 호령 소리도 압도할 불같은 욕망들이 군신(軍神) 아레스의 순진한 딸의 가슴에 생겨난 것을 저주한다!

지옥의 조소를 받는 개선의 소리가 내게로 다가오는데도, 내가 승리했다고 말할 수 있을까—?

그런 것들을 보고 싶지 않다!

(장미 화관을 잡아 뜯는다.)

소녀 1   여왕님, 이게 무슨 행동이십니까?

소녀 2   (장미들을 다시 주워 모으면서)

이 주변 몇 마일 안에서, 축제를 열기 위한 봄의 장미는 찾을 수 없습니다.

펜테질레아   봄에 피는 꽃이여, 모두 시들어 버려라! 우리들이 호흡하며 살고 있는 이 대지도, 이 장미꽃처럼 꺾여 버렸으면 좋겠다!

나도 여기 이 화관처럼, 온 세상의 화관을 모두 파괴할 수만 있다면—!

아, 아프로디테 신이여![20]

여제사장 불행한 여인이여!

무녀 1 여왕님은 이미 끝나 버렸습니다!

무녀 2 복수의 여신들이 여왕의 영혼을 빼앗아 가 버렸습
니다.

어느 무녀 (언덕 위에서)

아킬레스다! 소녀들이여, 틀림없다.

그가 화살처럼 빠르게 이리로 다가오는구나!

프로토에 이렇게 무릎 꿇고 간청하오니, 몸을 피하십시오!

펜테질레아 아, 내 영혼이 너무 지쳐 있구나!

(앉는다.)

프로토에 무서운 일입니다! 어떻게 하시렵니까?

펜테질레아 너희들은 원한다면 도망가도 좋다.

프로토에 그럼 당신은—?

메로에 주저하십니까?

프로토에 그럼 당신은—?

펜테질레아 나는 여기에 그냥 머물러 있겠다.

프로토에 뭐라고요, 정신이 나가셨군요!

펜테질레아 알아들었지. 나는 일어설 수도 없다. 내 뼈가 부러져
도 좋은가? 나를 여기 그냥 내버려두어라!

---

20 펜테질레아는 사냥의 여신(아르테미스) 대신 사랑의 여신을 부르고 있는데 이는
아마존국의 율법을 벗어나고 싶어 하는 한 상징이다.

프로토에   진실로 가련한 여인이여! 들으셨겠지만, 아킬레스가
           쏜살같이 다가옵니다.

펜테질레아 오너라 아킬레스여. 강철 같은 발로 내 목을 짓밟
           아라.

           꽃처럼 피어오르는 내 두 뺨이, 그것을 탄생시킨 진
           흙과 이토록 오랫동안 분리되어 있어야 할 이유가
           있겠는가?

           나를 말 꽁무니에 거꾸로 매달아 고향으로 끌고 가라.
           이 싱싱한 몸뚱이를 들판에 내던져, 미친개나 잔인
           한 날짐승의 아침밥이 되게 하라.

           남자의 마음에 들지 않는 매력 없는 한 여성이 되기
           보다는 차라리 먼지가 되겠다.

프로토에   아, 여왕님!

펜테질레아 (목걸이를 떼어 내면서)

           에잇, 이 저주스런 겉만 번지르르한 것아!

프로토에   영원하신 신들이여! 이것이 방금 당신 입으로 제게
           약속한 그 진정입니까?

펜테질레아 이 머리의 장식물도 소용이 없다— 왜 흔들거리는
           가? 저주스러운 이 깃털 장식은 화살과 붉은 뺨보다
           내게 더 소용이 없어—!

           오늘 전투하러 갈 때 내 몸을 공들여 장식한 내 손을
           저주한다! 게다가 승리할 것이라고 그들이 내게 말
           해 준 그 배반의 말을 저주한다!

그 위선자들은 거울을 손에 들고 나를 에워싼 후 좌
우에서 비춰 대면서 나의 가늘고 긴 철갑을 두른 사
지를 신의 사지 같다고 극구 칭찬했어—
너희들의 그 무시무시한 화술에 저주가 있을지어다!

그리스 병사들　(무대 밖에서)

전진하십시오, 아킬레스님 앞으로 나아가십시오! 안
심해도 좋습니다! 조금만 더 전진하면 그녀는 당신
의 것이 됩니다.

무녀　(언덕 위에서)

아, 디아나 여신이여! 여왕이여! 빨리 후퇴하지 않으
면 당신은 파멸합니다.

프로토에　사랑하는 자매여! 제 생명이신 여왕님! 도망가지 않
을 생각이십니까? 어서 이 자리에서 물러나지 않겠
습니까?

펜테질레아　(눈물을 흘리며 나무에 몸을 기댄다.)

프로토에　(갑자기 동정심이 생겨 그녀 옆에 앉는다.)

당신 생각대로 하십시오.

이 자리를 뜰 수가 없다면, 그것을 원하지 않는다면,
떠나지 않으셔도 좋습니다. 여왕님, 울지 마십시오.
저는 당신 곁에 머물러 있겠습니다.

불가능한 것은 불가능합니다. 당신 자신의 힘의 한
계를 넘는 것은 당신으로서도 어찌할 수 없는 것입
니다.

그것을 제가 당신에게 요구한다 해도 신들이 허락하지 않을 겁니다!

처녀들아, 떠나가라. 제발 떠나가라. 너희들의 고향으로 돌아가라!

여왕님과 나는 이곳에 머무르겠다.

여제사장 뭐라고, 이 불쌍한 여인이여? 당신은 여왕의 생각을 지지하는 것입니까?

메로에 여왕님이 도망가기란 불가능할까요?

여제사장 불가능합니다.

그녀를 만류하고 있는 것은 외부에서 오는 것도 아니고, 운명도 아니며,

다만 그녀의 어리석은 마음일 뿐입니다.

프로토에 이것이 바로 그녀의 운명입니다!

당신은 강철의 굴레를 떼어 버리기 어려운 것으로 생각하겠지만, 여왕님은 그것을 없앨 수가 있을 것입니다.

그러나 당신이 비웃는 그 감정을 끊어 버릴 만한 힘이 여왕님에겐 없습니다.

여왕님의 마음을 무엇이 지배하고 있는가 하는 것은 여왕님만이 알고 계십니다.

감정을 잉태하는 가슴은, 어떤 것이든 하나의 수수께끼입니다.

여왕님은 인생의 최고 보물을 얻으려고 노력했습니

다. 여왕께서는 그것을 손으로 만지고 그것을 붙잡
았습니다.

그러나 다른 보물에 손을 뻗치려고 하면 손은 말을
듣지 않습니다―

자, 제 가슴에 기대어 당신의 소망을 성취해 보십시
오―

무슨 일입니까? 왜 눈물을 흘리십니까?

펜테질레아   아프다, 너무 아파―

프로토에   어디가요?

펜테질레아   여기가.

프로토에   통증을 진정시킬 것을 가져올까요?

펜테질레아   아무것도,― 아무것도 필요 없어!

프로토에   그렇다면, 정신을 차리세요. 조금 있으면 다 나을 것
입니다.

여제사장   (낮은 목소리로)
당신들 모두 정신이 나갔군요―!

프로토에   (마찬가지로) 제발 좀 조용히 하세요.

펜테질레아   만약 내가 여기서 후퇴해야만 한다면,―
그렇게 해야만 한다면, 어떻게 내 마음을 진정시켜
야 할지 말해 줘!

프로토에   당신은 파르소스에 가셔야 합니다.
그곳에서 당신은 지금 온 사방에 흩어져 있는 당신
의 군대를 만날 수 있습니다.

제가 그들에게 그곳에 가 있으라고 명령해 놓았기 때문입니다.

당신은 그곳에서 쉬면서 당신의 상처를 치료하실 수 있습니다.

그리고 원하신다면, 다음 날 날이 밝을 때 여군들을 거느리고 전투를 다시 시작할 수도 있을 것입니다.

펜테질레아　그것이 내게 가능하다면 말이야—! 내가 그렇게 할 수만 있다면—!

인간의 힘으로 할 수 있는 최대한의 것을 나도 했다.

불가능한 일까지도 해 보았다.

내가 가지고 있는 모든 것을 걸고 했다. 마지막 주사위는 던져졌다.

나는 내가 패했다는 것을 깨닫지 않으면 안 된다.

프로토에　아닙니다. 아닙니다. 패하지 않았습니다. 사랑하는 여왕님! 그런 식으로 생각해서는 안 됩니다.

당신은 당신의 힘을 그렇게 과소평가해서는 안 됩니다.

당신이 생명을 걸고 얻으려 하는 것의 가치를 그렇게 하찮은 것으로 여기고, 그만한 가치에 해당하는 노력을 이미 다했노라고 생각해서는 안 됩니다.

당신의 목에 걸려 있는 희고 붉은 진주의 목걸이가 당신의 마음이 내놓을 만한 재산의 전부입니까?

파르소스에 가면 당신의 목표를 위해 해야 할 일들

이, 생각할 수 없을 정도로 많이 있습니다!

그러나 사실 지금은 너무 늦은 것 같습니다!

펜테질레아 (불안한 몸동작을 한 후에)

만약 내가 서두른다면— 아, 생각할수록 나는 미치겠다—! 태양은 어디 있는가?

프로토에 저기, 바로 당신 머리 위에.

밤이 되기 전에 당신은 그곳에 도달할 수 있을 것입니다.

거기서 우리 그리스인들 몰래 트로이인들과 동맹을 맺고, 그리스의 군함들이 정박하는 만으로 숨어 들어갑시다.

그리고 밤이 되면 신호에 따라 그 배에다 불을 질러 활활 타오르게 하고, 그들의 진지를 공격합시다.

전방과 후방에서 동시에 공격을 받은 적군은 바다를 포기하고 산 쪽으로 뿔뿔이 흩어져 도망갈 것입니다.

거기로 따라가 수색하여 우리 마음에 드는 놈이 발견되면 누구라도 가리지 말고 붙잡아 화관을 씌워 줍시다.

아, 이런 일을 실제로 할 수만 있다면, 얼마나 기쁘겠습니까?

그렇게 된다면 저는 쉬지 않겠습니다. 당신 곁에서 힘껏 싸우겠습니다.

작열하는 태양도 겁내지 않고, 또 지치지도 않고 사
랑하는 자매의 소원이 성취될 때까지, 그리고 아킬
레스가 갖은 애를 다 쓴 후에 마침내 패하여 당신의
발밑에 굴러떨어질 때까지 제 수족에 남아 있는 모
든 힘을 다하겠습니다.

펜테질레아   (그사이 몸을 움직이지 않고 태양을 응시한다.)

아, 날개를 활짝 펴고 공중을 훨훨 날아오를 수만 있
다면!

프로토에   뭐라고요?

메로에   여왕님이 무슨 말을 하는가?

프로토에   여왕님, 무엇을 보고 계십니까?

메로에   무엇을 응시하고 계십니까—?

프로토에   여왕님, 말씀 좀 해 보세요.

펜테질레아   너무 높아, 내가 아는 한, 너무 높아—

그는 까마득히 먼 저쪽에서 불꽃의 원을 돌면서 그
리움에 가득 찬 내 가슴 주위로 장난의 빛을 보내고
있다.

프로토에   누구입니까, 여왕님?

펜테질레아   아, 아무것도 아니다— 어디로 갈까?

(정신을 차리고 일어선다.)

메로에   여왕님, 그렇다면 결심을 하셨습니까?

프로토에   그렇다면 일어나시겠습니까? 여왕이여,

거인처럼 강한 사람이 되소서! 비록 저승이 송두리

째 밀어닥친다 하더라도, 넘어지지 마십시오.

돌 하나하나가 밑으로 떨어지려 해도 이를 지탱하는 둥근 천장처럼 꿋꿋하게 서 계십시오.

당신의 머리를 건물 꼭대기의 이맛돌처럼 신들의 번개 앞에 내놓으시고, "여기에 벼락을 쳐라!"고 말하세요!

그리고 당신의 몸을 발밑까지 두 조각 내게 하십시오. 그렇더라도 하나의 호흡이 당신의 젊은 가슴속에 모르타르처럼 돌을 붙들고 있는 동안에는 당신의 마음이 흔들려서는 안 됩니다.

자, 당신의 손을 제게 주십시오.

펜테질레아 이리로 갈까? 저리로 갈까?

프로토에 당신은 저쪽, 더 안전한 바윗길을 선택하실 수도 있고, 이쪽, 그리 가파르지 않은 골짜기를 통해 가실 수도 있습니다—

어느 쪽을 선택하겠습니까?

펜테질레아 그럼 바윗길로 가자!

그러면 그만큼 그에게 가까이 가기 때문이야. 자, 나를 따라오너라.

프로토에 누구에게 가겠다는 말입니까, 여왕님?

펜테질레아 너의 팔을 이리 줘, 사랑하는 이여!

프로토에 당신이 저 언덕 위로 올라간다면, 더 안전할 것입니다.

메로에   자, 가자.

펜테질레아   (다리 위에 와서 갑자기 멈춰 선다.)

              아니, 들어 보아라! 물러나기 전에 내게 아직 하나 남
              은 일이 있다.

프로토에   아직 남은 일이 있다고요?

메로에   그게 무엇입니까?

프로토에   불행한 여왕이시다!

펜테질레아   오직 하나가 남아 있다. 친구들이여, 너희들도 인정
              하겠지만, 내 목적을 이루기 위해 내가 할 수 있는
              모든 수단을 다 해 보지 않는다면, 나는 미치게 될
              것이다.

프로토에   (불쾌한 듯이) 그렇게 말씀하신다면, 우리들이 즉시
              땅 밑으로 가라앉는 것이 낫겠습니다!

              그렇다면 구원이란 없겠지요.

펜테질레아   (깜짝 놀라며) 왜? 어찌 된 일이냐? 처녀들아, 내가 너
              희들에게 무슨 말을 했다는 거야, 말해 봐!

여제사장   당신의 생각은—?

메로에   당신은 이 자리에서 더 하겠습니까?

펜테질레아   아니, 아니야. 그녀를 화나게 할 만한 일이 전혀 아니
              야. 나는 이다산[21]을 옮겨서 오사산[22] 위에 쌓아 두

---

21 트로이 주변 높이 2,450미터의 산
22 테사리아에 있는 높이 1,934미터의 산

고 그 꼭대기 위에서 조용히 마주 서 있겠어.

여제사장 이다산을—?

메로에 오사산 위에 쌓는다고?

프로토에 (몸을 옆으로 돌리며)

아, 신들이여, 그녀를 보호하소서!

여제사장 실성했구나.

메로에 (수줍어하며) 그것은 거인들이라야만 할 수 있는 일입니다, 여왕님!

펜테질레아 그렇고 말고, 사실 그렇다. 내가 그들과 견주어서 어디가 모자란단 말인가?

메로에 그들에 비해 당신이 부족한 것 말입니까?

프로토에 하느님!

여제사장 그러나 그렇다고 가정하시면—?

메로에 당신이 그와 같은 위업을 완수했다고 가정하시면—?

프로토에 그렇다고 가정하시면, 당신은 무슨 일을 하시겠습니까?

펜테질레아 어리석은 여자야! 그렇다면 불꽃같이 타오르는 그의 금빛 머리카락을 움켜쥐고, 내 곁으로 끌어내리겠어—

프로토에 누구를 끌어내린다고요?

펜테질레아 태양신 헬리오스지,

만약 그가 내 머리 위로 날아오른다면!

(영주들은 깜짝 놀라 말없이 서로 쳐다본다.)

여제사장　여왕님을 억지로라도 데려가십시오!

펜테질레아　(강을 내려다보면서)

내가 미쳤구나! 저기 그 남자가 내 발밑에 누워 있네!

아, 나를 데려가 줘!

(펜테질레아가 강물에 뛰어들려고 한다. 프로토에와 메로

에가 그녀를 제지한다.)

프로토에　불쌍한 여왕님!

메로에　그녀는 우리 손에 붙잡혀 마치 옷가지처럼 축 늘어

져 있구나.

무녀　(언덕 위에서)

영주님들, 아킬레스가 나타났습니다! 아마존 여군들

전부가 나서도 그를 제지할 수 없습니다!

아마존 여군　신들이여! 구해 주소서! 저 무적의 남자로부터 우리

처녀군의 여왕님을 보호하소서!

여제사장　(무녀들에게) 저리 가자! 이 자리를 떠나자!

싸움의 소용돌이가 있는 곳은 우리들이 있을 자리가

아니야.

(여제사장은 무녀들과 장미꽃을 든 소녀들을 데리고 퇴장)

제10장

아마존 여군 1　(무대 안쪽을 향해 소리지르면서)

물러서라, 이 뻔뻔스런 남자야!

아마존 여군 2　우리가 한 말을 듣지 못했나 봐!

아마존 여군 3　영주님들, 우리들이 그를 쏘아 맞히게 허락해 주시
지 않으시면 미친 듯이 다가오는 그를 막을 수 없을
겁니다!

아마존 여군 2　어떻게 해야 합니까? 말씀해 주세요, 프로토에님!

프로토에　(여왕을 돌보면서) 수만 개의 화살을 그에게로 쏘아 보
내라—!

메로에　(수행원들에게) 빨리 물을 갖고 와!

프로토에　그러나 그를 쏘아 죽이지는 않도록 조심해!

메로에　투구에 물을 꽉 채워 와! 알아들었느냐?

영주　(여왕의 수행원들 중에서) 여기 물이 있습니다!

(물을 떠서 들고 온다.)

아마존 여군 3　(프로토에에게)

안심하십시오! 조금도 걱정할 일이 아닙니다!

아마존 여군 1　여기에 일렬로 정렬해라!

여인들아, 너희들의 화살로 그의 뺨을 스치고, 그의

곱슬 머리카락을 그을려라.

그에게 죽음의 입맞춤을 잠시나마 맛보게 해라!

(여군들이 활에 화살을 갖다 댄다.)

제11장

아킬레스는 투구를 벗고 무기와 갑옷도 없이 몇몇 그리스 병사들을
데리고 등장, 앞에 나온 사람들

아킬레스   그런데 처녀들아, 도대체 이 화살이 누구를 겨냥하
는 것이냐? 갑옷도 입지 않은 이 가슴을 겨냥하는 것
은 분명 아니겠지? 내 비단조끼를 찢어서 너희들에
게 내 심장이 아무런 악의 없이 뛰고 있는 것을 보여
주어야만 하나?

아마존 여군 1   원하신다면, 벗어 보세요!

아마존 여군 2   그렇게 하실 필요는 없습니다!

아마존 여군 3   바로 그가 지금 손을 얹고 있는 곳에 활을 쏘아라!

아마존 여군 1   그 화살로 그의 심장을 쏘아, 나뭇잎처럼 공중으로
함께 날려 보내라!

다수의 아마존 여군들   쏘아라! 쏘아 맞혀라!

(그들은 그의 머리 위로 화살을 쏜다.)

아킬레스   멈춰라, 제발. 너희들의 눈빛이 더 확실하게 맞힌다! 올림포스 신들에게 맹세코, 나는 농담하지 않는다. 나는 내 마음 한가운데 화살을 맞았다고 느낀다. 그런데 나는 모든 의미에서 무장 해제된 자로서, 너희들의 작은 발밑에 엎드렸다.

아마존 여군 5   (무대 밖에서 날아온 창에 맞는다.) 신들이여! (풀썩 가라앉는다.)

아마존 여군 6   (마찬가지로 창에 맞는다.) 아, 아프다! (쓰러진다.)

아마존 여군 7   (마찬가지로 창에 맞는다.) 아르테미스 신이여! (쓰러진다.)

아마존 여군 1   저 미친 사람!

메로에   (여왕을 돌보면서) 불쌍한 여인!   } (동시에)

아마존 여군 2   그는 무장하지 않았다고 하더니!

프로토에   (마찬가지로 여왕을 돌보면서) 여왕은 정신이 나갔다.   } (동시에)

아마존 여군 3   그사이에 그의 부하들은 우리를 쳐부숩니다!

메로에   그사이에 우리들은 쓰러져 갔다. 어떻게 하면 좋을까?   } (동시에)

아마존 여군 1   낫이 달린 전차를 이곳으로 끌고 옵시다!

아마존 여군 2   개들을 풀어 그에게 덤벼들게 합시다!

아마존 여군 3   코끼리 등에서 돌을 던져 그를 묻어 버립시다.

어느 아마존 영주   (갑자기 여왕 곁을 떠나면서) 자, 내가 그에게 활을 쏘아 보겠어.

(어깨에서 활을 내리고, 화살을 힘껏 당긴다.)

아킬레스　(아마존 여군들을 향해 이리저리 몸을 돌리면서)

나는 믿을 수 없습니다. 은방울 같은 아름다운 당신들의 목소리는, 당신들이 하신 말씀과는 어울리지 않습니다.

파란 눈을 가진, 또 비단결 같은 머리카락을 가진 당신은 사나운 개들을 내게로 보내 물게 할 그런 사람이 아닌데.

잘 생각해 보세요. 당신들의 경솔한 말에 따라 풀려난 사나운 개들이 짖으면서 내게 달려든다면, 당신들은 개들과 나 사이에 자신의 몸을 던져, 이 남자의 심장을, 당신들에 대한 사랑에 불타는 이 심장을 지켜 주겠습니까?

아마존 여군 1　오만한 남자다!

아마존 여군 2　저 으스대는 소리를 들어 봐!

아마존 여군 1　그는 우리에게 아부할 말을 생각하고 있어.

아마존 여군 3　(여군 1을 몰래 부르며) 오테르페야!

아마존 여군 1　(뒤돌아보며)

어머나, 저기를 보아라! 우리 중에서 활을 제일 잘 쏘는 여자가 지금—! 조용히 길을 터라, 여인들아!

아마존 여군 5　무슨 일이냐?

아마존 여군 4　묻지 마! 곧 알게 될 것이다.

아마존 여군 8　여기 있는 이 화살을 잡아라!

아마존 영주　(화살을 시위 위에 얹으며)

이 화살로 저 남자의 양 허벅다리를 꿰어 놓겠다.

아킬레스　(자기 옆에서 이미 화살을 겨누고 있는 그리스 병사에게)

저 여자를 쏘아라!

아마존 영주　아, 신들이여! (쓰러진다.)

아마존 여군 1　무서운 남자다!

아마존 여군 2　그녀 자신이 맞고 쓰러졌다!

아마존 여군 3　아, 영원하신 신들이여!

저기에 또 다른 그리스 병사들이 떼를 지어 다가온다!

제12장

디오메데스가 에토리아 병사들을 거느리고 다른 쪽에서 등장. 잠시 후
오디세우스가, 아킬레스가 등장했던 쪽에서 군대를 거느리고 등장

디오메데스　여기로, 내 용감한 에토리아 병사들이여. 이쪽으로 오너라! (그들을 데리고 다리를 넘어간다.)

프로토에　아, 아르테미스여! 성스런 여신이여! 구해 주소서! 이제 우리는 가망이 없습니다.

(몇몇 아마존 여군들의 도움을 받아, 다시 여왕을 무대 전방으로 데려온다.)

아마존 여군들　(혼란에 빠지며) 우리들은 포로가 되었다!

우리들은 포위되었다! 우리들은 본대와 차단되었다!
도망치는 수밖에 없다! 도망갈 수 있는 자는 빨리 도
망가자!

디오메데스 (프로토에에게) 항복해라!

메로에 (도망치는 아마존 여군을 향해)

너희들은 미쳤구나! 뭐 하고 있느냐? 왜 싸우지 않고

가만히 서 있느냐?

프로토에여, 저기를 보아라!

프로토에 (계속 여왕 곁에 있다.)

가시오! 그들을 따라가시오! 그리고 할 수 있다면,

다시 돌아와 우리를 구해 주시오!

(아마존 여군들은 흩어지고, 메로에는 그들을 따라간다.)

아킬레스 자, 지금 그녀의 머리가 어디에 보이느냐?

어느 그리스 병사 저기입니다!

아킬레스 나는 사례로 디오메데스에게 10크로네[23]를 드리겠네.

디오메데스 다시 한번 말하지만, 항복해라!

프로토에 이 전투의 승리자에게 여왕님을 맡기겠다. 당신에게
는 안 맡긴다! 대체 뭘 하려고 하는가? 여왕님은 아
킬레스의 것이야.

---

23 옛 화폐 단위, 1크로네는 약 5유로

디오메데스 그러면 이 두 사람을 내던져 버려라!

에토리아 병사 자!

아킬레스 (그 에토리아 병사를 밀어젖히고) 여왕에게 손을 대는
자는 누구든 이 자리에서 죽게 될 것이다—!
그녀는 내 것이다! 사라져라! 여기서 뭘 하고 있느
냐—?

디오메데스 뭐, 그녀가 자네 것이라고? 천둥의 신 제우스에 걸고
묻고 싶은데, 도대체 무슨 이유에서? 무슨 권리로 그
렇게 말하는가?

아킬레스 단 하나의 이유가 있네. 자, 이리 넘겨주게!

프로토에 여기 있습니다. 당신의 관대함을 믿으므로 저는 조
금도 걱정하지 않습니다.

아킬레스 (여왕을 두 팔로 받아 안으면서)
그래, 걱정하지 마시오—!
(디오메데스에게) 자네는 여군들을 추격해 가서 쳐부
수어라. 나는 잠시 여기에 머물러 있겠다—
제발, 가라! 아무 대답도 하지 말고. 그녀를 얻기 위
해서라면 너보다는 차라리 지옥의 신과 싸우는 게
낫다.
(그녀를 떡갈나무 뿌리에 내려놓는다.)

디오메데스 좋다! 내 뒤를 따라오너라!

오디세우스 (군대를 이끌고 무대 위를 횡단한다.)
아킬레스여, 행운을 빈다! 행운을! 자네에게 사두마

차를 보내 줄까?

아킬레스　(여왕에게 상반신을 굽히고)

아니, 그럴 필요는 없어. 상관 말고 그냥 내버려두게!

오디세우스　알았네. 좋으실 대로—

나를 따라오너라! 여군들이 다시 집결하기 전에 타
도하자.

(오디세우스와 디오메데스가 군인들을 데리고 아마존 여인
들 곁에서 떠난다.)

제13장

펜테질레아, 프로토에, 아킬레스, 그리스 병사 및 수행하는 아마존
여인들

아킬레스　(여왕의 갑옷과 투구를 벗기면서)

그녀는 살아 있지 않다.

프로토에　아, 여왕님의 두 눈이 이 황량한 빛을 보지 않고 영원
히 감아 버렸으면 좋겠다!
저는 그녀가 다시 깨어날까 봐 걱정입니다.

아킬레스　내가 여왕의 어디를 맞혔는가?

프로토에　여왕은 당신의 타격을 받고 가슴이 찢어지는 듯했는

데도 필사적인 힘으로 다시 일어섰습니다.

우리들은 비틀거리는 그녀를 이리로 모셔 왔습니다.

그리고 바로 지금 이 바위로 기어오르려고 했습니다. 부상당한 수족의 고통이나 상처 입은 영혼의 고통도 있지만, 여왕님은 당신과의 싸움에서 패했다는 사실을 감당해 낼 수 없었습니다.

힘을 잃은 그녀의 발은 몸을 지탱하지 못하고 무너졌습니다. 그리고 창백한 입술에서는 허튼 소리가 쏟아져 나왔으며, 다시 제 팔에 쓰러졌습니다.

아킬레스　　그녀가 몸을 움직였다. 보았는가?

프로토에　　하늘에 계신 신들이여! 그렇다면 여왕님은 쓴 '잔'을 아직도 완전히 다 마시지 않았단 말입니까?

보세요. 아, 불쌍한 이 여인을 보세요.

아킬레스　　그녀가 숨을 쉬고 있다!

프로토에　　아킬레스님! 만약 당신이 연민의 정을 안다면, 당신의 마음에 연민의 감정이 움직인다면, 만약 당신이 그녀를 죽이고 싶지 않다면, 그리고 쉽게 흥분하는 이 여자를 완전히 광란에 빠지게 하고 싶지 않다면, 제발 저의 청을 하나 들어주세요.

아킬레스　　어서 말해 보시오!

프로토에　　여기서 물러나 주세요! 존귀하신 분이여.

여왕님이 깨어났을 때, 그녀의 눈에 당신의 모습이 보이지 않도록 물러나 주십시오.

당신 주변에 있는 군대를 즉시 후퇴시키세요!

내일의 태양이 또다시 빛을 발하며 먼 산 위로 떠오르기 전에는, 누구도 그녀에게 다가가서 '당신은 아킬레스의 포로'라는 치명적인 말을 해서는 안 됩니다.

아킬레스 그토록 그녀가 나를 미워한단 말이오?

프로토에 아, 묻지 말아 주십시오. 관대하신 분이여—!

만약 그녀가 지금 기쁘게도 희망의 손에 인도되어 다시 살아난다면, 그때 당신은 아무 기쁨도 없이 그녀를 맨 처음 만나는 승리자가 되어서는 안 됩니다.

대낮 같은 빛에는 어울리지 않는, 얼마나 많은 감정들이 여인의 가슴에서 일어나겠습니까!

만약 여왕님이 결국 당신의 포로가 되어 당신에게 머리를 숙여야 할 운명이라면, 당신에게 간청하건대, 제발 그녀의 마음이 그렇게 할 준비가 되기 전에는 그녀에게 그것을 요구하지 마십시오.

아킬레스 내 뜻을 그대에게 말해 둘 필요가 있겠소.

나는 트로이 왕 프리아모스의 오만한 아들 헥토르에게 했던 것과 똑같은 짓을 여왕에게도 하고 싶소.

프로토에 뭐라고, 이 무서운 사람아!

아킬레스 여왕은 그것을 두려워하는가?

프로토에 당신은 그녀에게 말로 표현할 수 없는 그런 짓을 하겠단 뜻입니까?

무서운 사람! 꽃으로 장식한 어린이처럼 매력이 넘

치는 여기 이 젊은 육체를—

당신은 시체처럼 끌고 가 치욕을 주겠다는 말입니까?

아킬레스 내가 사랑하고 있다는 말을 그녀에게 전하시오!

프로토에 어떻게 하신다고요—?

방금 뭐라고 하셨습니까?

아킬레스 어떻게 하느냐고 반문한다면, 맹세코 이렇소! 남자가 여자를 사랑하는 것처럼.

순결하고, 동경에 가득 찬 마음이고, 순진하지만 그녀의 순진함을 박살 내고 싶소.

그녀를 나의 왕비로 만들겠소.

프로토에 아, 영원하신 신들이여! 다시 한번 더 말씀해 주세요.

당신은 여왕님을—?

아킬레스 그럼 내가 여기 머물러 있어도 되겠소?

프로토에 신과 같은 분이여! 아, 당신의 발에 제가 입 맞출 수 있게 해 주십시오!

아, 만약 당신이 지금 여기에 계시지 않는다면, 저는 당신을 찾아가겠습니다— 지브롤터해협[24]까지라도.

아킬레스여—!

그런데, 보십시오! 여왕님이 눈을 뜨고 있습니다—

아킬레스 그녀가 몸을 움직이는구나—

---

24 옛사람들에겐 이 세상의 끝을 의미했다.

프로토에	지금이 좋은 기회입니다! 남자들이여, 여기서 물러 나 주십시오! 그리고 당신은 재빨리 떡갈나무 뒤에 몸을 숨기십시오!
아킬레스	자 가자, 모두들! 물러나자!

(아킬레스의 수행원들 퇴장)

프로토에	(떡갈나무 뒤에 몸을 숨기는 아킬레스에게) 더 꼭꼭 숨으세요! 간청하건대, 제가 당신을 부를 때 까지는 나타나지 마십시오. 제게 약속해 주시겠습니까—! 아무도 그녀의 마음이 어떻게 변할지 예상할 수 없 습니다.
아킬레스	그렇게 하겠소!
프로토에	자 그럼, 매사에 조심하십시오!

제14장

펜테질레아, 프로토에, 아킬레스, 수행하는 아마존 여인들

프로토에	펜테질레아님이시여, 아직까지도 꿈을 꾸고 계십 니까!

당신의 정신은 자신이 사는 곳이 마음에 들지 않는
듯, 어느 먼 환상의 나라에서 이리저리 떠돌고 있
군요.

그사이 행복은 젊은 영주처럼 당신의 가슴에 찾아
와, 사랑스러운 집이 비어 있음을 이상하게 여기며,
다시 몸을 돌려 하늘을 향해 발걸음을 날쌔게 내딛
고자 하지 않겠습니까?

당신은 그 손님을 꼭 붙들어 두지 않겠어요? 아, 어
리석은 여인아—

자, 일어서서 제 가슴에 몸을 기대십시오.

펜테질레아	여기가 어디냐?
프로토에	당신은 자매의 목소리도 알아듣지 못합니까?

저 바위산, 다리, 길, 온통 꽃이 만발해 있는 풍경이
전혀 기억나지 않습니까—?

당신을 에워싸고 있는 이 처녀들을 보십시오! 낙원
의 문 옆에 선 듯이 그들은 서서 당신에게 "환영합니
다"라고 소리치고 있습니다—

그런데 당신은 한숨만 쉬고 계시는군요. 무엇이 당
신 마음을 괴롭히나요?

펜테질레아   아, 프로토에여!

내가 얼마나 무서운 꿈을 꾸었던가— 꿈을 깬 뒤, 이
지칠 대로 지친 내 심장이 너의 부드러운 심장 가까
이에서 고동치고 있는 것을 느꼈을 때 얼마나 달콤

했던지, 나는 기쁨의 눈물을 흘릴 정도였단다—
꿈속의 격한 전쟁의 소용돌이에서, 나는 아킬레스의
창에 찔렸어. 쇠로 만든 나의 무기와 갑옷들이 큰 소
리를 내면서 나는 땅에 처박혔지.
내가 말에서 추락할 때 땅이 울렸어. 그리고 깜짝 놀
란 아군이 달아나고 있는 사이에 나는 팔다리가 완
전히 결박된 듯이 누워 있었지.
그때 그는 이미 말 등에서 뛰어내렸고 승리를 자랑
하는 듯한 발걸음으로 내게 다가왔어.
그러고는 쓰러져 있는 나를 붙잡고는 튼튼한 팔로
안아 올렸어.
나는 힘껏 내 비수의 손잡이를 잡으려고 노력했으나
허사였어.
나는 포로가 되어 비웃음을 당하면서 그 남자의 막
사로 끌려갔지.

프로토에   아니, 그게 아닙니다. 소중하신 여왕님! 비웃음과 그
의 관대한 마음은 서로 어울리지 않습니다.
당신이 꿈에 본 일이 사실이라면, 제 말을 믿어 주십
시오.
어떤 축복의 순간이 당신에게 주어질 것이며, 신들
의 아들인 아킬레스가 당신에게 경의를 표하면서 땅
에 엎드리는 것도 보게 될 것입니다.

펜테질레아   만약 내가 그런 치욕을 받았다면, 나를 저주해라 친

구여! 일찍이 칼로 싸워 포로로 잡지 않은 한 남자를
내가 맞이한 적이 있다면 나를 저주해라.

프로토에 진정하십시오, 여왕님,

펜테질레아 뭐라고, 진정하라니—

프로토에 당신의 머리는 충성스런 제 가슴에 안겨 있지 않습
니까?

그 어떤 운명이 당신 위에 걸려 있다 해도, 우리들은
그것을 견디어 낼 수 있습니다.

우리 둘이 말입니다. 정신을 차리세요.

펜테질레아 프로토에여, 내 마음은 바위로 둘러싸인 포구에 갇
힌 바닷물처럼 고요하기만 했다.

내겐 일말의 감정의 파도도 일지 않았어.

그런데 지금 '진정해라'라는 이 말은, 바람이 대양에
파도를 일으키듯이 갑자기 나를 심란케 하는구나.

도대체 왜 내가 진정해야 하느냐—?

너희들이 나를 이상스럽게 에워싸며 서 있고, 모두
들 마음이 그렇게 혼란해져 있으니—

마치 괴물이 사나운 얼굴을 하고 위협하면서 내 등
뒤에 서 있기라도 하듯이 나를 쳐다보고 있지 않는
가—?

내가 말했지. 그것은 단지 꿈이라고, 그것은 사실이
아니다—

아니면 사실이었던가? 과연 그게 사실이었단 말인

가? 말해 보아라—!

대체 메로에는 어디 있는가? 메가리스는?

(주위를 둘러보다가 아킬레스를 본다.)

아 무섭다! 저기, 그 무서운 남자가 내 뒤에 서 있다.

지금이야말로 자유롭게 움직이는 손으로—

(비수를 뺀다.)

프로토에   불행한 여왕님!

펜테질레아   아, 이 하찮은 여인이 나를 막다니—

프로토에   아킬레스님! 이 여인을 구해 주십시오.

펜테질레아   아, 이 정신 나간 것아! 이 남자에게 부탁해서 내 목
을 발로 밟으라고 했구나!

프로토에   그가 발로 당신을—? 정신이 나갔군요!

펜테질레아   저리 꺼지라고 내가 말했지 않느냐—!

프로토에   제발 그 남자를 잘 보십시오! 그 남자는 무기를 들지
않고 당신 뒤에 서 있지 않습니까?

펜테질레아   뭐라고? 무슨 말이지?

프로토에   그래요. 만약 당신이 원하신다면, 당신의 뜻에 따라
장미 화관을 쓸 준비가 되어 있습니다.

펜테질레아   아니, 다시 한번 말해 보아라!

프로토에   아킬레스님이여! 이분은 제 말을 믿지 않는군요. 당
신이 직접 말해 주십시오!

펜테질레아   그가 나의 포로란 말이냐?

프로토에   그렇지 않으면 무엇이겠습니까? 그렇지 않습니까?

아킬레스   (그사이에 앞으로 나오며)

고상한 여왕님! 보통 포로들보다 모든 점에서 더 좋
은 의미의 포로입니다.

나는 지금부터 내 모든 삶을 당신의 시야에 묶어두
고 싶습니다.

(펜테질레아는 두 손으로 얼굴을 가린다.)

프로토에   자, 이제 당신은 그 말을 그의 입에서 직접 들었지
요—?

당신과 그가 서로 부딪칠 때, 이 남자도 당신과 똑같
이 땅바닥으로 떨어졌습니다. 그리고 당신이 정신을
잃고 땅에 쓰러져 있는 동안 그는 무장해제 당했습
니다—

그렇지 않은가요?

아킬레스   나는 무장해제 당했소! 그리고 사람들이 나를 당신
의 발밑으로 끌고 왔소.

(그녀 앞에 한 무릎을 꿇는다.)

펜테질레아   (잠시 사이를 두고)

생기 발랄한 삶의 매력이여, 장미빛 뺨을 지닌 젊은
신이여, 당신을 환영합니다!

아, 내 심장이여, 지금까지 그가 도착하기를 기다
렸듯이 이 가슴의 두 심실에 고여 있던 피를 흐르게

하라!

밝은 날개를 단 기쁨의 사절(使節)인 너, 내 청춘의 영액인 네가 치솟아 내 모든 동맥을 타고 환호하며 날아서, 붉은 깃발 같은 것을 이 두 뺨 어디에나 나부끼게 하라!

이 젊은 아킬레스는 내 것이다!

(일어선다.)

프로토에 아, 소중한 여왕님, 제발 정신 차리십시오!

펜테질레아 (앞으로 걸어 나가며)

자, 승리의 관을 쓴 처녀들아, 머리끝에서부터 발끝까지 전투의 먼지로 뒤덮여 있는 너희들, 군신 마르스의 딸들이여. 너희들이 굴복시킨 그리스 젊은이들의 손을 잡고 이리 오너라!

처녀들아 모두 장미꽃 바구니를 들고 이리 오너라! 그렇게 많은 포로의 머리에 전부 씌워 줄 만큼의 화관은 어디 있는가? 나는 명령한다. 들판으로 나가 봄이 되었는데도 아직 피지 않은 장미에 너희들의 숨결을 불어넣어라!

디아나 여신을 모시고 봉사하는 무녀들이여, 너희들의 임무를 수행하여라.

횃불을 밝히고, 향기 가득한 신전의 문을, 천국의 문처럼 내게 활짝 열어 다오!

그리하여 제일 먼저 살찌고 뿔이 짧은 황소를 나를

위해 신전에 바쳐라! 도끼로 그 소의 급소를 소리 없이 쳐서 넘어지게 해라.

그리고 그 소가 넘어질 때 성전의 건물을 흔들어 진동하게 해라!

신전에서 일하는 건장한 하녀들아, 너희들은 어디에 있느냐? 피다! 피다! 빨리 닦아라!

그리고 피 묻은 바닥을 깨끗이 닦고 탄불에서 막 꺼내 온 페르시아산 향유를 여기에 뿌려라!

그리고 너희들의 팔랑거리는 옷가지 모두를 단으로 묶고, 황금의 잔을 가득 채워라.

황동 피리를 소리 높이 울리게 하고, 큰 나팔을 우렁차게 불어라. 멜로디 있는 환호로 튼튼한 창궁까지 진동케 해라—!

아, 프로토에여! 내가 환호의 소리를 지를 수 있도록 도와줘!

친구여, 자매여, 잘 생각해 보아라! 내가 어떻게 하면, 바로 지금 이 축제를 올림포스 산의 어떤 향연보다도 더 성스럽게 할 수 있을까!

전쟁에 동원된 여인들의 결혼을, 사로잡힌 그리스인과 전쟁신 마르스의 딸인 아마존 여인들과의 결혼을—!

아, 메로에여, 어디 있느냐? 메가리스는?

프로토에   (감동을 억누르며)

당신에겐 기쁨과 슬픔이 똑같이 파멸의 원인이며,
이 둘 모두가 당신을 광란으로 몰고 간다는 것을 저
는 압니다.

당신은 이미 고향 테미스키라에 있다고 꿈꾸고 있
군요.

그런데 당신이 꿈속에서 그런 식으로 국경을 날아
넘나든다면, 저는 당신 망상의 날개를 갑자기 마비
시키기 위해 한마디 하고 싶은 충동을 느낍니다.

주위를 둘러보십시오! 당신은 속았습니다. 당신은
지금 어디 있지요?

군인들은 어디에 있습니까? 무녀들은 어디에 있습
니까?

아스테리아, 메로에, 메가리스, 그들은 어디에 있습
니까?

펜테질레아 (프로토에의 가슴에 파고들면서)

아, 나를 내버려두어라, 프로토에여!

제발 한순간이라도 이 심장을 흙에 더럽혀진 어린아
이처럼 환희의 강물에 담글 수 있게 해 다오.

심장이 고동칠 때마다 내 가슴의 오점은 하나씩 그
강물의 거친 파도 속으로 씻겨 나간다.

그 무서운 복수의 여신들은 달아나 버렸고, 내 주위
로, 여러 신들이 다가오고 있는 것 같다.

나는 즉시 그들의 합창에 끼어들고 싶구나.

나는 지금보다 더 가까이 죽음에 접근해 본 적이
없다.
그러나 어쨌든, 너는 나를 용서해 주겠지?
프로토에   아, 여왕님!
펜테질레아   나는 안다. 난 잘 알아—
그래, 내 피의 절반 이상은 너의 것이지—
불행은 인간의 마음을 정화한다고 사람들은 말하지.
그러나 사랑하는 이여, 나는 그렇게 느끼지 못했다.
불행은 나로 하여금 신들과 사람들에게 이루 말할
수 없는 분노를 느끼게 했다.
만나는 사람들의 얼굴에서 희색이 돋는 것을 볼 때
마다, 나는 이상하게도 그것을 얼마나 증오했던가.
어머니 무릎에서 놀고 있는 어린아이가 나의 고통을
비웃고 있는 것처럼 보이는구나.
그런데 나는 지금 나를 둘러싸고 있는 모든 것들이
만족하고 행복을 느끼고 있는 것을 어떻게 보아야
할까! 아, 친구여!
인간은 고뇌하는 가운데 위대해지기도 하고, 영웅이
되기도 하는 건지도 모른다.
그러나 인간은 행복을 느끼고 있을 때에, 신에 가까
운 존재가 되는 것이다—!
그런데 지금은 간단히 용건만 말하겠다.
아군은 서둘러 귀국 준비를 하지 않으면 안 된다. 군

인들과 말이 잠시 쉬고 나서, 포로들을 데리고 우리
들의 고향으로 가는 행군을 시작한다—
리카온은 어디에 있는가?

프로토에   누구 말입니까?

펜테질레아   (약간 불쾌감을 표시하면서)
또 누구냐고 묻는구나!
저기 꽃처럼 피어오르는 아르카디아 영웅이며, 네가
칼을 들고 싸워 이겼던 그 남자 말이다.
어째서 그는 여기에 오지 못했지?

프로토에   (당황하여)
그는 아직도 숲속에 있습니다, 여왕님!
다른 포로들도 함께 그곳에 붙잡혀 있습니다.
규칙에 따라, 고향에 도착하기 전까지 제 앞에 나타
나서는 안 됩니다.

펜테질레아   그를 내게로 데려오너라—!
그가 아직도 숲에 머물고 있다고—!
내 프로토에의 발밑이 그가 있어야 할 자리다! 사랑
하는 이여—!
그를 이리로 불러오너라! 너는 마치 5월에 내린 늦서
리처럼 내 곁에 서서 내 젊은 삶의 기쁨을 방해하고
있구나.

프로토에   (독백)
불쌍한 여인—!

자, 가서 여왕님이 명령한 대로 행동해라.

(한 아마존 여군에게 눈짓하자, 그녀 퇴장)

펜테질레아 누가 지금 내게 장미의 소녀들을 데려올 수 있는가?

(땅바닥에 떨어져 있는 장미를 본다.)

보라! 여기 있는 장미꽃을. 참 향기가 좋구나―!

(한 손으로 이마를 만진다.)

아, 불길한 꿈이로구나!

(프로토에에게)

디아나 신전의 여제사장님은 여기 계시느냐?

프로토에 글쎄요, 잘 모르겠습니다, 여왕님―

펜테질레아 그럼 어째서 장미들이 여기 있지?

프로토에 (재빨리) 저기를 보십시오!

장미를 찾아 온 들판을 구석구석 돌아다닌 소녀들이, 장미꽃 한 바구니를 이곳에 남겨 두고 갔습니다. 이것은 사실 우연이라기보다는 행운입니다.

저는 여기 있는 이 향기로운 꽃들을 주워 모아서 당신의 아킬레스에게 바칠 화관을 만들려고 합니다. 괜찮겠습니까?

(떡갈나무 밑에 앉는다.)

펜테질레아 사랑하는 너! 장하다! 너는 내 마음을 감동시키는구나―

좋다! 나는 이 수백 개의 꽃잎으로 너의 리카온을 위한 승리의 관을 엮겠다. 이리 오너라.

(프로토에와 똑같이 몇 개의 장미꽃을 주워 모아, 프로토에
옆에 앉는다.)

음악을, 여인들아 음악을! 나는 조용히 있을 수 없
다. 노래를 불러 다오!

그래서 내 마음을 진정시켜 다오!

소녀 (펜테질레아의 수행원들 속에서 나오며)

무엇을 원하십니까?

다른 소녀 승리의 음악을 원하십니까?

펜테질레아 찬가를!

앞의 소녀 그렇게 하겠습니다—

아, 속고 있는 여왕님이 불쌍하구나—!

자, 노래를 부르고 악기를 연주하자!

소녀들의 합창 (음악과 함께)

군신 아레스가 물러갔다!

보라, 멀리서 그의 흰 말이 거친 숨을 내뿜으며 저승
으로 달려 내려갔다!

그 무서운 복수의 여신들이 문을 열고 그를 맞이하
고는 다시 문을 닫는구나.

한 소녀 결혼의 신 히멘이여! 그대는 어디에 머물고 있느냐?

횃불에 불을 붙이고, 비추어라! 밝게 비추어라!

히멘 신이여! 너는 어디 있느냐? 모습을 드러내어라!

소녀들의 합창 군신 아레스가 물러갔다! (앞의 노래 계속)

아킬레스 (노래가 울려 퍼지는 사이에 프로토에에게 살짝 다가간다.)

말해 보아라! 나를 어디로 데려가는 거냐? 나는 그것
이 알고 싶다!

프로토에　　잠시만 참으십시오, 관대한 분이여.

조금만 더 기다려 주십시오— 곧 아시게 될 것입니다.

(화관이 완성되었을 때, 펜테질레아와 프로토에는 서로 교
환한다. 그들은 그것을 바라보면서 서로 포옹한다.

음악이 그친다.

앞의 아마존 여군들이 다시 등장)

펜테질레아　　너는 내가 내린 명령을 수행했느냐?

아마존 여군　　아르카디아의 젊은 왕자 리카온이 곧 이곳에 모습을
드러낼 것입니다.

제15장

펜테질레아, 프로토에, 아킬레스, 아마존 여군들

펜테질레아　　자, 이리 오세요. 사랑스런 아킬레스님!

이리 와서 내 발밑에 누우세요—

더 가까이 오세요! 과감하게 하세요—! 나를 무서워

하는 것은 아니겠지요—?

내가 승리했다고 해서 나를 미워하는 것은 아니겠
지요? 말씀해 보세요! 당신을 패배시킨 내가 두려운
가요?

아킬레스   (펜테질레아의 발밑으로 넘어지면서)

꽃이 햇볕을 두려워하듯이 두려워합니다.

펜테질레아   좋습니다. 말씀 잘했습니다!

그럼 나를 당신의 태양처럼 보십시오—!

디아나 여신이여, 나의 지배자여, 이 남자는 부상을
입었습니다!

아킬레스   보시다시피, 그저 팔에 찰과상만 입었지, 다른 이상
은 없습니다.

펜테질레아   아킬레스여, 바라건대 내가 당신의 생명을 노렸다고
는 생각하지 마십시오.

비록 내가 이 팔로 당신을 치기는 했지만, 당신이 쓰
러졌을 때, 이 가슴은 당신을 꼭 껴안고 있는 흙덩이
를 질투했습니다.

아킬레스   당신이 나를 사랑하신다면, 그것에 관해서는 더 이
상 말씀하지 마세요.

보세요, 상처는 이미 다 나았습니다.

펜테질레아   그럼, 당신은 나를 용서하시겠습니까?

아킬레스   진심으로 용서합니다.

펜테질레아   그렇다면 저 날개 달린 사랑의 천사 큐피드가 무섭
게 날뛰는 사자를 쇠사슬로 묶을 때, 어떻게 해야 되

는지를 가르쳐 주시겠습니까?

아킬레스 사랑이란, 사자의 거친 뺨을 쓰다듬어 주는 거라고
생각합니다. 그러면 그 사자는 온순해집니다.

펜테질레아 좋습니다. 당신은, 한 소녀가 목에 줄을 감아 놓은
어린 비둘기처럼 유순해집니다.

지금 분이시여, 대체 무슨 이유로 내 가슴의 감정들
이 손이 되어 당신을 쓰다듬습니까?

(그녀는 아킬레스의 몸에 화관을 걸어 준다.)

아킬레스 당신은 누구십니까, 이상한 여인이시여?

펜테질레아 자, 이리 오세요.

지금 말한 대로 가만히 계세요! 당신은 곧 알게 될 겁
니다―

여기 있는 이 가벼운 장미 화관을 당신의 머리와 목
에 걸고 팔과 손 그리고 발 쪽으로 내려뜨린 다음 다
시 위로 올려 머리에 거십시오. 이제 다 됐습니다―
무슨 향기가 납니까?

아킬레스 당신의 달콤한 입술 향기가 납니다.

펜테질레아 (몸을 뒤로 젖히면서)

향기를 발산하는 장미꽃입니다― 그 밖의 아무것도
아닙니다. 아무것도 아니에요!

아킬레스 같은 장미꽃이라도 줄기에 매달려 있을 때 냄새를

맡고 싶습니다.[25]

펜테질레아 그 꽃들이 활짝 피면, 사랑하는 이여, 그것을 꺾어도
좋습니다.

(아킬레스의 이마에 또 하나의 화관을 씌우고는 그를 걸어
가게 한다.)

자 이제 다 됐다—

아, 프로토에여, 보아라. 넘쳐흐르는 장미꽃의 광채
가 그에게 얼마나 잘 어울리는가!

비구름처럼 침울한 그의 얼굴이 그 꽃으로 환하게
빛나는구나!

정말이지, 사랑하는 친구여, 아침 해가 산 위로 솟아
오를 때는, 많은 이슬이 보석처럼 빛난다.

그렇지만 그 아침 해도 저 남자의 눈빛만큼 부드럽
고 평온하게 빛나지는 않는다.

말해 봐라! 너는 저 남자의 눈빛이 빛나고 있다고 생
각하지 않느냐—?

확실히 그렇구나! 만약 그가 그런 식으로 모습을 드
러내 보인다면, 그가 바로 그 사람이라는 사실이 의
심스러울 테지.

프로토에 누구를 말씀하시는 겁니까?

펜테질레아 아킬레스님—!

---

25 키스를 하고 싶다는 뜻

말씀해 보세요. 트로이 왕 프리아모스의 가장 위대
한 아들 헥토르를 트로이 성벽 앞에서 쓰러뜨린 자
가 바로 당신입니까?
정말 당신이 바로 그 손으로 그 사람의 재빠른 발을
꼼짝 못 하게 붙잡고 당신의 마차에 그를 거꾸로 매
달아 트로이 성벽 주위로 질질 끌고 갔습니까?
말씀해 보세요, 말씀해 보세요. 어째서 그렇게 가만
히 있습니까? 어디가 편찮으십니까?

아킬레스　　그게 바로 나요.

펜테질레아　　(아킬레스를 유심히 쳐다보고 나서)

그게 자기라고 말하는구나.

프로토에　　그렇습니다. 그게 바로 저 남자입니다. 여왕님 여기
있는 이 장식으로 알아볼 수 있습니다.

펜테질레아　　무슨 장식으로?

프로토에　　여기 이 갑옷을 보세요. 고상한 신들의 어머니 테티
스가 이 남자를 위해 불과 대장장이의 신 헤파이스
토스에게 부탁해서 만든 갑옷입니다.

펜테질레아　　자, 이 세상에서 가장 길들이기 어려운 당신, 그러면
나는 이 키스로 당신에게 인사드리겠어요!
젊은 군신인 당신, 당신은 나의 것입니다.
우리 군인들 중에서 누군가가 당신에게 누구냐고 물
으면, 나의 이름을 대세요.

아킬레스　　아, 당신은 천국의 문이 열리듯 섬광같이 내 곁으로

내려왔습니다.

불가사의한 여자여, 당신은 누구입니까? 나 자신의 영혼이 기쁨에 매혹되어 그 소유자가 누구인지 내게 묻는다면 나는 당신을 어떻게 부를까요?

펜테질레아 당신 영혼이 당신에게 묻는다면, 나의 특징들을 말하세요.

그것이 바로 당신이 나를 기억하게 될 이름입니다.

물론 당신을 안전하게 해 줄 표시로 이 황금 반지를 드리겠어요. 그리고 당신이 그 반지를 보여 주면, 누구라도 당신을 내게로 데려올 것입니다. 그러나 그 반지를 잃어버리면, 이름이 사라집니다.

만약 당신의 마음에서 이 이름도 반지도 사라지게 되면 당신은 마음속에서 나의 이 모습을 다시 떠올릴 수 있겠습니까?

당신은 눈을 감고서 나의 얼굴을 떠올릴 수 있겠습니까?

아킬레스 그것은 다이아몬드에 박힌 문자들처럼 확실합니다.

펜테질레아 나는 아마존의 여왕입니다.

우리 민족은 스스로 마르스 신의 자식들이라고 말하고 있습니다.

저 위대한 오트레레가 내 어머니입니다.

그리고 국민들은 나를 펜테질레아라고 부릅니다.

아킬레스 펜테질레아라고 부릅니까?

펜테질레아   그렇습니다. 지금 당신에게 말한 대로입니다.

아킬레스   나는 죽어 가면서도 당신의 이름 펜테질레아를 부를
           것입니다.

펜테질레아   나는 당신에게 자유를 드리겠습니다. 당신은 당신 마
           음대로 처녀 군대 속으로 걸어 들어갈 수 있습니다.
           그러나 꽃처럼 가볍고 쇠보다도 단단한 사슬로 당신
           의 심장을 휘감아 당신을 내 곁에 단단히 묶어 놓으
           려고 합니다.
           그 사슬은 고리 하나마다 감정의 불꽃이 될 수 있는
           한 정교하게 다듬어 넣어져 시간이 지나고 우연이
           닥쳐도 끊어지지 않습니다.
           당신은 내게로 돌아오시겠습니까? 그것은 의무이기
           도 합니다.
           젊은이여, 내 마음을 이해해 주세요, 당신의 요구나
           소망을 채워 주기 위해 애를 쓰는 이 마음을.
           당신은 돌아와 주시겠습니까? 탁 털어놓고 말씀해
           보세요!

아킬레스   젊은 말이 생명의 양식을 주는 구유의 향기에 이끌
           려 돌아오듯, 틀림없이 돌아오겠습니다.

펜테질레아   좋습니다. 그 말씀을 믿겠습니다. 우리들은 곧 고향
           테미스키라로 돌아갈 것입니다.
           내 외양간의 말들은 모두 당신 것입니다.
           자줏빛 천막도 당신에게 갖다 드릴 것입니다.

그리고 왕인 당신의 뜻을 이룰 수 있도록 당신을 섬
길 노예들도 꼭 보내 드리겠습니다.

그런데 당신도 이해하시다시피, 행군 중에는 내가
여러 가지 배려를 해 드릴 수 없기 때문에, 당신은 다
른 포로들과 같은 대우를 받아야만 합니다.

고향 테미스키라에 도착하면, 아킬레스여, 나는 온
마음을 열고 나의 모든 것을 당신에게 바치겠습니다.

아킬레스 꼭 그렇게 해 주십시오.

펜테질레아 (프로토에에게) 자, 지금 너의 상대인 아르카디아인은
어디에 머물고 있느냐? 말해 줘!

프로토에 여왕님—

펜테질레아 사랑하는 프로토에여, 나는 너의 손이 그에게 화관
을 씌워 주는 것을 보고 싶다.

프로토에 그는 곧 올 것입니다—
여기 있는 이 화관은 틀림없이 그의 이마에 씌워질
것입니다.

펜테질레아 (급히 일어나면서)
자,— 여러 가지 일들이 나를 부르고 있으니 나를 가
게 해 주십시오!

아킬레스 뭐라고요?

펜테질레아 나를 일어나게 해 주십시오, 친구여.

아킬레스 도망가는 겁니까? 피하는 겁니까? 당신은 나를 남겨
두고 가시렵니까?

동경에 가득 찬 이 가슴에 남아 있는, 여러 가지 불가
사의한 것에 관해 설명해 주시지 않겠습니까? 사랑
하는 이여.

펜테질레아 고향 테미스키라에 가서 하겠습니다.

아킬레스 아니, 여기서 해 주십시오, 여왕님!

펜테질레아 테미스키라에서, 친구여, 테미스키라에 도착해서—
자, 나를 놓아주십시오!

프로토에 (펜테질레아를 만류하며, 불안해지면서)

뭐라고요? 여왕님! 당신은 어디로 가려고 하십니까?

펜테질레아 (의아해하며)

나는 군대를 검열하겠다— 이상하구나! 메로에와 메
가리스와 이야기하고 싶다.

스틱스강에 걸고라도, 나는 지금 이야기하는 것 말
고는 아무것도 할 게 없지 않은가?

프로토에 아군은 도망가고 있는 그리스군을 아직도 뒤쫓고 있
습니다—

다른 일은 선봉대를 이끄는 메로에에게 맡겨 두십
시오.

당신은 좀 더 쉬셔야만 됩니다—

적군이 한 사람도 빠짐없이 스카만드로스강을 넘어
간다면, 아군은 곧 당신 앞으로 개선의 행진을 할 것
입니다.

펜테질레아 (생각에 잠기면서)

그래—! 이 평원으로 온다는 거야? 확실한 거야?

프로토에 확실한 것입니다. 믿어 주세요.

펜테질레아 (아킬레스에게) 그럼 간단히 묻겠습니다—

아킬레스 경이로운 여인이여, 당신이 아테네 신[26]처럼 군대의 선두에 서서 하늘의 구름으로부터 내려오듯이, 아무런 이유도 없이 트로이 앞에서 갑자기 우리들의 전투에 뛰어든 것은 도대체 무슨 까닭입니까?

당신이 머리에서부터 발끝까지 철갑으로 무장하고, 복수의 여신처럼 이해할 수 없는 분노에 불타며 그리스인의 군대를 향해 돌진한 것은 도대체 무슨 이유입니까?

조용히 그 아름다운 모습만 보여 주어도, 모든 남자가 땅에 엎드려 당신의 아름다움을 보고 싶어 하지 않겠습니까?

펜테질레아 아, 아킬레스여—! 여성에게 주어진 부드러운 기술은 내게는 주어지지 않았습니다!

당신 나라의 처녀들처럼, 기쁘게 기량을 다투기 위해 청년들의 무리가 물결처럼 모여 있는 축제에서 자신의 애인을 선택하는 것은, 내게 허락되지 않았습니다.

꽃다발을 여기저기에 두고, 수줍어하는 눈길을 던지

---

26 지혜의 여신

며 애인을 유혹해서도 안 되며 나이팅게일이 울며 지
저귀는 석류나무 숲에서 아침 햇살이 비칠 때, 애인
의 가슴에 매달려 "당신은 내 사람입니다"라고 말해
서도 안 됩니다.

피비린내 나는 전쟁에서 나는 그를 찾지 않으면 안
됩니다. 내 마음이 선택한 젊은이를— 이 부드러운
가슴으로 안아야 할 그를 청동의 갑옷을 입은 손으
로 붙들지 않으면 안 됩니다.

아킬레스   여성에게 맞지 않고 부자연스런—이런 표현을 용서
바랍니다—당신의 그 법칙은 어디서 나왔으며, 그런
법이 어디에 있습니까?

타 종족 사람들에게는 이해하기 어려운 법이 아닙
니까?

펜테질레아   그것은 먼 옛날부터 모든 성스런 것을 넣어 두는 항
아리에서 나왔습니다.

아, 젊은이여, 그 항아리는 인적이 없는 태고시대 이
후로 하늘의 구름에 영원히 비밀스럽게 싸여 전해
내려온 것입니다.

최초의 어머니들의 말씀이 그것을 결정했습니다.

아킬레스여, 당신이 당신의 최초의 아버지들의 말씀
에 따르듯이, 우리는 그 말씀에 복종해야 합니다.

아킬레스   좀 더 분명하게 말씀해 주십시오.

펜테질레아   그렇다면, 내가 하는 말을 잘 들어 보십시오—!

지금 아마존족이 지배하고 있는 곳에는 그 옛날 신
들을 받들어 모시는 스키타이 종족이 살고 있었습니
다. 그들은 지구상의 다른 종족과 똑같이 자유롭고
호전적인 종족이었습니다. 그 종족은 이미 수 세기
동안, 과실나무 꽃이 핀 코카시아를 자신의 영지라
고 말했습니다.

그러자 에티오피아 사람의 왕, 벡소리스가 그 산기
슭에 나타나 대항하는 모든 남자들을 재빨리 굴복
시키고, 골짜기마다 노도처럼 침입해 마주친 사람이
늙은이든 젊은이든 가리지 않고 뽑아 든 칼로 베어
버렸습니다.

그 땅에서 멋진 남자는 모두 사라졌습니다.

승리한 남자는 뻔뻔스럽게도 마치 야만인처럼 우리
들의 오두막으로 이주했습니다.

그러고는 우리 들판의 많은 곡물을 식량으로 먹고,
또 우리들을 매우 수치스럽게 하면서 우리들의 애정
을 강탈했습니다.

그들은 부녀자들을 죽은 남편의 묘지에서 그들의 더
러운 침대 위로 끌고 갔습니다.

아킬레스　　당신의 여인국을 세우기 위해서는 쳐부수고 죽이는
것이 운명이었나 봅니다. 여왕님.

펜테질레아　　그런데, 사람이란 자기가 감당할 수 없는 것이면 무
엇이든 거부하며 자기 어깨에서 털어 내기 마련입

니다.

인간은 참을 수 있을 만한 고통의 무게만을 견디어 낼 뿐입니다.

매일 밤 부녀자들은 조용히 그리고 남몰래 군신 마르스 신전의 계단에 엎드려 구원을 빌며, 눈물을 흘려 그 계단의 돌을 움푹 파이게 했습니다. 더럽혀진 침상에는 시퍼렇게 날이 선 단검을 감추어 놓았습니다. 그 단검은 혁대, 반지, 팔찌 같은 장신구를 화로의 불길로 녹여 달구어 낸 것입니다. 그리하여 에티오피아의 왕 벡소리스와 여왕 타나이스가 결혼식을 올릴 때를 기다려 손님의 가슴을 그것으로 찌르려 했습니다.

마침내 결혼식이 열렸고, 여왕은 자신의 단검으로 그의 심장을 찔렀습니다.

여왕은 그 비열한 남자 대신 마르스 신과 혼인의 예식을 올렸습니다.

그렇게 살인자 종족은 모두 하룻밤 사이에 단검에 찔려 죽었습니다.

아킬레스　여성들이 그런 행위를 하지 않으면 안 되었음을 이해할 수 있습니다.

펜테질레아　그 뒤, 다음과 같은 사항이 국민회의에서 결정되었습니다. 즉 그런 영웅적인 행동을 수행한 여인들은 탁 트인 평원을 가로지르며 부는 바람처럼 자유로워졌고, 더욱이 더 이상 남성에게 봉사할 의무가 없어졌습니다.

그리하여 하나의 독립된 국가가 세워졌으며, 그 이후 지배욕이 강한 남성들의 목소리에 유린되지 않는 여인국이 건설되었습니다.

그 국가는 스스로 훌륭한 법을 제정하여 그 법에 따르고, 그것을 수호하기까지 했습니다.

그리하여 타나이스가 여왕이 되었습니다. 이 나라를 엿본 남자는, 즉시 그의 눈을 영원히 감지 않으면 안 되었으며, 폭군들과의 키스를 통해 사내아이가 태어나면, 그는 즉시 자신의 야만적인 아버지를 따라 황천으로 가야만 했습니다. 그 법의 수호자인 위대한 타나이스에게 왕관을 씌워 주려고 아레스(마르스) 신의 신전은 곧 사람들로 꽉 찼습니다.

그런데 여왕이 엄숙한 순간에, 그때까지 왕들이 갖고 있었던 스키타이국의 큰 황금 활을 아름다운 옷을 입은 제사장의 손에서 받기 위해 제단의 계단으로 올라갔을 때, 다음의 말소리가 들려왔습니다.

"우리 나라는 남자들의 비웃음을 샀기 때문에, 호전적인 이웃 국민의 첫 공격을 받아 곧 멸망할 것이다. 힘이 약한 여자들은 큰 유방 때문에 방해를 받아 남자들처럼 자유자재로 이 강한 활을 다룰 수 없기 때문이다."

여왕은 한순간 거기 서서, 자신의 이 말이 어떤 반향
을 불러일으킬지 조용히 지켜보았습니다.

그러나 사람들의 얼굴에 비겁한 감동의 기색이 나타
나자, 그녀는 곧 자신의 오른쪽 유방을 잘라 낸 후,
활을 당겨야 할 여인들은 아마존들이라고, 또는 유
방이 없는 여인이라고 명명하고, 그 말이 채 끝나기
도 전에 쓰러졌습니다.

그러자 그녀에게 왕관이 씌워졌습니다.

아킬레스   그렇다면, 제우스 신께 맹세코, 그녀에게는 유방이
필요 없었군요! 그녀는 남자들을 지배할 수 있는 사
람이었습니다.

나도 내 온 마음을 바쳐 그녀에게 경의를 표합니다.

펜테질레아   여왕의 그런 행위를 보고 사람들은 죽은 듯이 조용
히 있었습니다. 시체처럼 창백하게 굳은 여제사장의
두 손에서 떨어진 활이 내는 소리만이 들렸습니다.
우리 나라의 큰 황금 활인 그 활은 대리석 계단에서
세 번이나 튀어 오르며 소리를 낸 후 여왕의 발밑으
로 떨어져 죽은 듯이 조용해졌습니다.

아킬레스   당신의 여인국에서는 모두들 여왕님의 선례를 따르
지 않았나 하는 생각이 드는데요. 어떻게 했습니까?

펜테질레아   물론입니다— 그렇게 따라 했습니다! 하지만 아무도
여왕만큼 단호하게 그런 행동을 하지 못했습니다.

아킬레스   (놀라면서)

저런? 그럼 유방을 잘라 냈단 말입니까—? 그런 일은 있을 수 없습니다!

펜테질레아 무슨 말씀을 하세요?

아킬레스 그 끔찍한 전설이 사실입니까?

그런데 당신 주위에 피어나는 꽃과 같은 자태로 서 있는 그 여인들 모두가 비인간적인 범죄를 저지르듯 유방을 도려냈단 말입니까?

당신 종족의 자랑인 그녀들은 마치 제단처럼 완벽하게 장식되어 있어서 누구라도 사랑의 마음으로 그 앞에서는 무릎을 꿇지 않을 수 없는 것 아닙니까?

펜테질레아 당신은 그것을 알지 못했습니까?

아킬레스 (얼굴을 펜테질레아의 가슴에 갖다 대면서)

아, 여왕님!

젊고 사랑스런 감정의 자리를, 일순간의 망상에 사로잡혀, 야만스럽게—

펜테질레아 안심하십시오!

그런 감정은 모두 이 왼쪽 유방에 숨어 있습니다. 그래서 그들은 심장에 더 가까이 있답니다.

그런 감정이 내게도 있다는 사실을 당신이 알아주길 바라는 마음입니다.

아킬레스 과연 그렇군요! 새벽녘에 꾼 꿈이 지금 이 순간보다 더 진실한 것 같군요—

계속하십시오.

펜테질레아   무엇을?

아킬레스   당신은 이야기의 끝을 맺으셔야 합니다.

남자들의 도움 없이 생겨난 이 자긍심 있는 여인국은 남자의 도움 없이 어떻게 그 자손을 계속 번식할 수 있습니까?

인간을 창조한 신 데우칼리온[27]이 때때로 흙덩이를 던져 당신들에게 인간을 만들어 줍니까?

펜테질레아   우리의 여왕은 매년 사람의 수를 계산해서 죽은 사람의 수만큼 채워 넣기 위해, 좋은 시기라고 결정하게 되면 그녀는 여자들 중에서 가장 아름다운 처녀들을 불러 모아― (말을 중단하고 그를 쳐다본다.)

왜 웃습니까?

아킬레스   누가요? 제가 웃었던가요?

펜테질레아   사랑하는 이여, 당신은 웃고 있었던 것 같습니다.

아킬레스   당신의 아름다움에 그만 정신이 산만해져 있었어요.

용서해 주십시오, 당신이 달(月)에서 내게로 내려오지 않았나 하고 생각하고 있었습니다―

펜테질레아   (잠시 사이를 두고)

우리들은 매년 사람의 수를 계산했습니다. 우리의 여왕은 죽은 사람 수를 채워 넣기에 좋은 시기라고

---

27 프로메테우스의 아들로 그의 아내와 함께 대홍수를 견뎌 인간을 후세에 퍼뜨렸다.

결정할 때마다, 가장 아름다운 처녀들을 나라의 방방곡곡에서 테미스키라로 불러 모아, 아르테미스의 신전에서 그 여인들의 젊은 태내에 군신(軍神) 마르스의 씨가 순결하게 수태되는 축복을 내려 달라고 기원했습니다.

이 축제는 조용히 그리고 우아하게 행해져서, 아름다운 처녀들의 축제라고 불렀습니다. 우리들은 언제나 야산에 쌓인 눈이 녹고, 새봄이 자연의 가슴에 입맞춤하기를 기다렸습니다.

디아나 여신의 성스런 무녀는 이 기원을 듣고 마르스 신전에 가서 제단 앞에 몸을 엎드리고, 현명한 여왕의 소망을 말씀드렸습니다―

신은 때때로 그 소원을 거부하기도 했는데, 눈에 덮인 산에서 먹을 것을 그다지 많이 구할 수가 없기 때문이었습니다―

신이 그 소원을 들어줄 때는, 무녀를 통해 순결하고 훌륭한 국민 한 사람을 우리에게 지정해 줍니다. 그는 군신 대신, 말하자면 군신의 대리인으로서 우리들 앞에 모습을 드러내게 되어 있습니다.

그 사람의 이름과 거주지가 알려지면, 환호하는 소리가 도시에서나 시골에서 울려 퍼졌습니다.

처녀들은 마르스 신의 약혼자로 축복을 받으며 그들 어머니들의 손에서 활과 비수와 같은 무기를 넘겨받

았고, 그들의 몸은 주위의 환호를 받으면서 많은 사람의 손에 의해 결혼식 예복으로 철갑옷이 입혀졌습니다. 마침내 즐거운 출진(出陣)의 날이 결정되면 트럼펫이 은은하게 울리고, 소녀들은 무리 지어 귀엣말을 나누면서 말 등에 올라앉습니다.

그러고는 조용히 그리고 은밀하게 마치 양털의 신을 신고 걷듯이, 야음을 이용해 골짜기와 숲을 지나 멀리 선택된 사람들의 진영을 향해 나아갑니다.

그 나라에 도착하면, 그 입구에서 우리는 말과 더불어 이틀간 쉬게 됩니다.

그리고 우리는 전광석화처럼 갑자기 남자들의 무리 속으로 뛰어들어 가, 쓰러져 있는 사람들 중에서 가장 성숙한 남자를, 이삭이 잘릴 때 떨어지는 씨앗처럼, 우리들의 고향 들판으로 데려옵니다.

우리들은 여기 디아나 신전에서 성스러운 축제를 몇 번이나 거듭하면서 그들을 위로해 줍니다—

그 축제에 대해서, 나는 이름이 장미축제라는 것밖에는 아는 것이 없습니다—

그리고 그 축제에는 그 신부들 이외에는 어느 누구도 가까이 가는 것이 금지되어 있습니다. 그것을 어기면 사형에 처해집니다—

그래서 우리의 태내에서 그 씨앗이 마치 꽃이 피듯 싹틀 때까지, 우리들은 그들 모두에게 왕을 대하듯

이 선물을 주고, 성숙한 어머니의 축제를 축하하고
는 그들을 멋지게 장식한 말에 태워 다시 그들의 고
향에 돌려보내 줍니다.

이 축제는 말할 것도 없이 기쁜 축제는 아닙니다. 아
킬레스여,— 그 이유는 많은 사람들이 눈물을 흘렸
고, 그들의 마음이 암담한 비통에 사로잡혀 제일 위
대한 타나이스를 어떤 찬사의 말로써 칭찬해야 할지
몰랐기 때문입니다—

당신은 무슨 꿈을 꾸고 있습니까?

아킬레스 내가?

펜테질레아 네, 당신이.

아킬레스 (멍해져서) 사랑하는 이여, 나는 내가 꿈꾸는 것을 말
로 다 표현할 수 없습니다—

그런데 당신은 나를 그런 식으로 고향으로 돌려보내
려고 생각합니까?

펜테질레아 모르겠습니다. 사랑하는 이여, 내게 묻지 마십시오.

아킬레스 진실로! 참 이상하군요—

(깊은 생각에 빠진다.)

그런데 나의 의혹을 하나 더 풀어 주십시오.

펜테질레아 기꺼이 그러겠습니다. 친구여! 주저하지 마십시오.

아킬레스 당신이 왜 저를 그렇게 바짝 뒤쫓고 있는지 묻고 싶
습니다. 당신은 전부터 나를 알고 있는 것 같군요.

펜테질레아 그렇습니다.

아킬레스   그렇다면 어떤 이유에서?

펜테질레아   당신은 이 바보 같은 여자를 비웃지 마세요.

아킬레스   (웃으면서)

나도 아까 당신이 말한 것처럼 말하겠습니다. 모르겠습니다―

펜테질레아   그렇다면 말씀드리겠습니다― 들어 보세요. 나는 지금까지 스물세 번이나 기쁜 장미축제를 경험했습니다.

언제나 떡갈나무 숲 위로 신전이 우뚝 솟아 있는 것이 보이는 먼 곳에서 기쁜 환호의 소리를 들었습니다.

내 어머니 오트레레가 죽을 때, 아레스 신은 나를 자기 신부로 선택했습니다. 그 이유는 내 왕가의 역대 공주들은, 꽃처럼 아름다운 처녀들의 축제에는 자기 발로는 결코 참가하지 않기로 했기 때문입니다.

신이 공주들을 원할 경우에는, 그는 예의를 갖추어 공주들을 위대한 자신의 제사장의 입을 통해 불렀습니다.

어머니가 창백한 얼굴로 내 팔에 안겨, 숨이 끊어지려고 할 때, 군신 마르스가 보낸 사자가 엄숙하게 내 궁전에 나타나, 트로이로 가서 그곳에서 그를 승리의 화관을 씌워 데려오라고 명령했습니다.

그곳에서 죽도록 싸운 그리스인보다도 신부들한테

서 더 환영받는 신의 대리인은 없었습니다.

거리 구석구석, 또 모든 시장터에서도 환호 소리와 용사들의 영웅적 행위를 찬양하는 노래 소리를 들을 수 있었습니다.

파리스의 사과, 헬레나의 약탈, 함대를 데리고 온 아가멤논의 일, 브리제이즈[28]를 위한 전쟁, 전함의 화재, 파트로클로스[29]의 전사, 당신이 그를 위한 복수전에서 화려하게 개선(凱旋)했던 일, 그리고 당시의 모든 위대한 사건들에 대해서 말입니다.

내 어머니 오트레레가 죽어 갈 때, 나는 고통스럽게도 눈물을 머금은 채, 그 사절이 내게 전해 준 말을 희미하게 들었습니다.

나는 "어머니, 저를 당신 곁에 머물게 해 주세요. 오늘이 마지막이므로 당신의 여왕으로서의 위력을 사용해서 이 여인들을 다시 전장으로 가게 명령을 내려 주세요"라고 소리쳤습니다.

그런데 위엄 있는 여왕은 이미 오래전부터 나를 전장에 보내길 원했습니다— 그 이유는 그녀가 죽으면 왕위 계승자가 없었기 때문에, 왕위는 야심에 찬 타민족의 목표가 되었기 때문입니다—

---

28 아킬레스가 총애하는 여노예
29 아킬레스의 친구

여왕은 이렇게 말했습니다. "내 어린것아 전장으로 가거라! 마르스 신이 너를 부른다! 너는 아킬레스를 이겨 그의 머리를 화관으로 장식하고, 나처럼 당당하고 행복한 어머니가 되어라!"

그리고 내 손을 부드럽게 잡고는 숨을 거두셨습니다.

프로토에　그럼 여왕 오트레레님이 당신에게 그 이름을 분명히 말했습니까?

펜테질레아　딸을 신뢰하고 있는 어머니라면 누구라도 그렇게 하듯이, 어머니가 그를 거명했습니다, 프로토에어.

아킬레스　왜? 무슨 이유로? 그것은 법으로 금지됩니까?

펜테질레아　마르스의 딸이 제멋대로 자기 상대가 되는 적을 고르는 일은 부적절한 일입니다.

전투 중에 신이 그녀 앞에 데리고 온 사람을, 그녀는 선택하지 않으면 안 되었습니다—

그런데 온 힘을 다해 싸우는 한 여인이 멋진 남자 앞에 모습을 드러내는 것은 괜찮은 일이다—

그렇지 않느냐, 프로토에어?

프로토에　네, 그렇습니다.

아킬레스　그래서—?

펜테질레아　나는 오랫동안 울었습니다.

한 달 내내 비탄에 잠긴 채 보냈습니다.

돌아가신 어머니의 묘 옆에서, 주인도 없는 무덤 옆에 누워 왕관은 손에 대지도 않고 있었습니다.

마침내 출정의 준비를 마치자 기다리다 못해 내 궁
전을 에워싼 국민이 반복적으로 외치는 원성 때문에
할 수 없이 나는 그 왕좌에 앉았습니다.

나는 슬프지만 최선을 다하겠다고 생각하며 군신 마
르스의 신전으로 갔습니다.

사람들이 아마존국에 날카롭게 울려 퍼지는 활을 내
게 주었습니다. 내가 활을 받을 때, 죽은 어머니 영혼
이 내 주위에서 떠다니는 듯한 느낌이 들었습니다.

어머니의 마지막 소원을 이루는 것이 내게는 제일
신성한 것이라고 생각되었습니다.

나는 가장 향기로운 꽃을 어머니의 석관 위에 뿌리
고 곧 아마존 여군과 함께 트로이의 성을 향해 출발
했습니다— 나를 부른 위대한 군신 마르스의 명령을
받들기보다는 오히려 세상을 등진 어머니 오트레레
의 영혼을 위로하기 위한 것이었습니다.

아킬레스	돌아가신 이에 대한 슬픔이 젊고 아리따운 당신 자신을 꾸밀 마음을 잠시 마비시켰군요.
펜테질레아	나는 어머니를 사랑했습니다.
아킬레스	그래서? 그다음은—?
펜테질레아	내가 스카만드로스 강가에 가까이 가면 갈수록 나의 눈을 스쳐 지나가는 주위의 모든 골짜기들에서는 트로이 전쟁의 전투 소리가 메아리쳤습니다. 그래서 나의 비탄은 사라지고, 내 마음은 장렬한 전

투의 세계로 나아갔습니다.

나는 이렇게 생각했습니다. 역사의 위대한 순간이 모두 나를 위해 반복되고, 송가를 부르며 찬양하는 용사들이 별의 세계에서 내게로 내려올지라도, 내가 장미 화관을 걸어 줄 사람은 돌아가신 어머니가 나를 위해 골라 놓은 사람 이외에는 아무도 없다고— 사랑스럽고, 거칠며 달콤하고 무서운 아킬레스여, 트로이의 왕자 헥토르를 싸워 이긴 자여!

자나 깨나 나는 당신만을 생각하고 있었습니다! 온 세상은 아름다운 그물처럼 내 앞에 펼쳐져 놓여 있고, 그 하나하나의 넓고 큰 그물코마다 당신의 위업이 매달려 있었습니다. 나는 희고 고운 비단처럼 나의 마음에 당신의 그 위업 하나하나를 불꽃처럼 선명하게 아로새겼습니다.

나는 당신이 날쌔게 달아나는 헥토르를 트로이 앞에서 쳐서 쓰러뜨리는 모습을, 또 그가 피를 흘리며 머리를 땅바닥에 댄 채 질질 끌려갈 때 승리의 기쁨에 도취되어 벌겋게 달아오른 당신이 그쪽으로 얼굴을 돌려 그를 쳐다보는 광경을 보았습니다.

트로이의 프리아모스 왕이 아들 헥토르의 시체를 넘겨달라고 간청하면서 당신의 진영에 나타났을 때, 대리석같이 차고 단단한 당신 가슴에도 일말의 동정심이 생겼다는 것을 알고 나는 뜨거운 눈물을 흘리지 않을 수 없었습니다.

아킬레스 사랑하는 여왕님!

펜테질레아 아, 친구여, 내가 당신을 적접 보았을 때 어떤 마음을 갖게 되었는지 생각해 보세요—! 당신이 스카만드로스의 골짜기에서 내 눈에 띄었을 때, 당신은 희미한 밤의 별들로 둘러싸인 태양처럼, 당신 나라의 영웅들에게 둘러싸여 있었습니다!

그것을 본 나에겐 전쟁의 신 마르스가 직접 자기 신부에게 인사하기 위해서 자신의 흰 말을 타고 올림포스 산에서 내려온 것과 같은 느낌이 들었습니다.

당신이 사라진 뒤에도 나는 당신의 모습에 매혹되어 멍하니 거기 서 있었습니다—

늦은 밤, 나그네 앞에 번개가 떨어진 것처럼 밝은 빛에 가득 찬 낙원의 문이 덜커덩거리며 한 영혼 앞에 열렸다가 닫히는 것이었습니다.

아킬레스여, 그 순간, 어디로부터 그런 감정이 내 가슴속으로 들어왔는지 나는 알아차렸어요.

사랑의 신이 나를 덮쳤기 때문입니다. 그래서 나는 당신을 얻든지, 아니면 죽든지, 둘 중 하나를 선택하려고 결심했습니다.

그런데 나는 이제 더 좋은 쪽을 얻을 수가 있습니다.

왜 그렇게 빤히 쳐다보고 계십니까?

(멀리서 무기 소리가 들린다.)

프로토에   (몰래 아킬레스를 향해)

신의 아들이여! 당신께 간청합니다.

당신은 지금 즉시 여왕님께 당신의 속마음을 털어놓

으셔야만 합니다.

펜테질레아   (급히 일어서면서)

여인들아, 그리스인들이 다가온다! 일어서라!

아킬레스   (펜테질레아를 제지하면서) 가만히 있어요!

당신은 포로입니다. 나의 여왕님.

펜테질레아   뭐 포로라고?

프로토에   (몰래 아킬레스를 향해)

저 사람은 오디세우스입니다. 틀림없습니다! 당신의

군대는 메로에로부터 바짝 추격당해 물러나고 있습

니다!

아킬레스   (중얼거리면서)

그들 모두가 굳어져 바위가 되어 버렸으면 좋겠어!

펜테질레아   말씀해 보세요! 무슨 일이지요?

아킬레스   (억지로 명랑하게)

당신은 나를 위해 지상의 신을 낳아 주셔야만 합니다!

프로메테우스가 자기 자리에서 일어나 이 세상 사람

들에게 이렇게 선언해야 합니다. "여기에 내가 갖기

를 원했던 한 인간이 태어날 것이다"라고 말입니다.

그러나 나는 당신을 따라 테미스키라로 가지 않겠습
니다.
오히려 당신이 나를 따라 꽃피는 프티아[30]로 가야
합니다.
우리 국민들이 전쟁을 끝내면, 나는 환호하면서 당
신을 그곳으로 데려가, 기쁨에 가득 찬 마음으로 내
조상들의 옥좌에 당신을 앉히려 하기 때문입니다.

(무기 부딪치는 소리가 계속 난다.)

펜테질레아   뭐? 뭐라고요? 당신이 하시는 말은 단 한마디도 이해
할 수 없습니다—

아마존 여군들   (불안해하며) 아, 전능하신 신들이여!

프로토에   아킬레스여! 그럼 당신은—?

펜테질레아   이게 무슨 일인가? 대체 어떻게 된 것이냐?

아킬레스   아무것도 아닙니다. 아무 일도 아닙니다. 놀라지 마
십시오, 여왕님.
이제 신들이 당신에게 내린 운명의 말을 들었다면
시간이 촉박하다는 것을 아셔야지요.
사실 사랑의 힘에 의해 나는 당신의 것이며, 이 사랑
의 굴레를 나는 영원히 짊어지고 가겠습니다.

___
30 아킬레스의 고향 도시

하지만 무운(武運)에 의해 당신은 나의 것이 되었습니다.

훌륭하신 이여, 우리들이 서로 싸울 때 당신은 내 발밑에 쓰러졌습니다. 나는 당신 발밑에 쓰러지지 않았습니다.

펜테질레아　(갑자기 일어서면서)

무서운 사람!

아킬레스　제발, 사랑하는 이여!

전능하신 제우스 신이라도 이미 일어난 일을 다시 바꿀 수 없습니다. 진정하십시오.

그리고 내 추측이 틀리지 않는다면, 어떤 불행한 소식을 갖고 내게로 오고 있는 저 사자의 말에 귀를 기울이십시오!

당신은 알아챘겠지만, 그 사자는 당신을 위한 것은 아무것도 갖고 오지 않습니다.

당신의 운명은 영원히 결정되었습니다.

당신은 나의 포로가 되었습니다. 나는 지옥을 감시하는 개보다도 더 철저히 당신을 감시하겠습니다.

펜테질레아　내가 당신의 포로라는 말입니까?

프로토에　그렇습니다, 여왕님!

펜테질레아　(두 손을 들어 올리며)

영원하신 하늘의 신들이여! 나를 도와주십시오!

제16장

그리스군의 중대장 등장, 아킬레스의 수행원들이 그의 갑옷을 들고 온다.

앞에 나온 사람들

아킬레스　　무슨 소식을 갖고 오느냐?

중대장　　아킬레스님 후퇴하셔야 합니다!

변화무쌍한 날씨처럼 무운(武運)이 다시 아마존 여군

에게 승리를 갖다줍니다.

그들이 이곳으로 돌진해 오고 있습니다.

그들의 구호는 펜테질레아입니다!

아킬레스　　(일어서서 화관을 벗는다.)

무기를 갖고 오너라! 말을 몰고 오너라!

나는 전차로써 그들을 깔아 죽여 버리겠다!

펜테질레아　　(입술을 떨면서)

아니, 이 무서운 남자를 보세요! 이 사람이 바로 조

금 전의 그란 말인가—?

아킬레스　　(화를 내며) 그들은 아직도 이곳에서 멀리 떨어져 있

느냐?

중대장　　이 계곡 안에서 그들의 금색 반월(半月)[31]을 볼 수 있

습니다.

---

31 디아나 여신을 본뜬 군기(軍旗)

아킬레스   (갑옷을 입으면서)

이 여자를 저리 데려가거라!

한 그리스 병사   어디로 데려갈까요?

아킬레스   그리스 진영으로, 내 곧 너희들을 따라가겠다.

그리스 병사   (펜테질레아에게)

일어나라!

프로토에   아, 여왕님!

펜테질레아   (망연자실한 모습으로)

제우스 신이여! 당신은 내게 벼락을 내려 주시지 않
겠습니까?

제17장

오디세우스와 디오메데스가 군인들을 데리고 등장. 앞에 나온 사람들

디오메데스   (무대 위를 가로지르며)

이 자리에서 물러가자, 아킬레스여! 이 자리를 떠나자!
여군들은 달아날 수 있는 유일한 길을 지금 차단하
고 있다.

이 자리를 떠나자! (퇴장)

오디세우스   그리스인들아, 이 여왕을 저리 데리고 가거라!

아킬레스   (중대장에게)

알렉시스여, 내 청을 들어줘! 그녀를 도와주어라!

그리스 병사 (중대장에게)

그녀는 꿈쩍도 하지 않습니다.

아킬레스 (자기를 시중들던 그리스 병사들에게)

내게 방패를 갖다줘! 창도!

(반항하는 여왕을 보자 큰 소리로)

펜테질레아!

펜테질레아 아, 아킬레스여! 당신은 나를 따라 테미스키라로 가

지 않겠습니까?

당신은, 멀리 떡갈나무 숲 위로 솟아 있는 저 신전으

로 나를 따라가지 않겠습니까?

자, 나와 같이 가시죠. 나는 아직 당신에게 드릴 말이

남아 있습니다―

아킬레스 (이제 완전히 무장하고, 그녀 앞으로 걸어 나와 손을 내민

다.)

프티아로 가시죠, 여왕님.

펜테질레아 아, 아닙니다― 테미스키라로 가시죠!

아, 친구여! 당신에게 다시 한번 더 말씀드리니, 떡갈

나무 위로 디아나 신전이 우뚝 솟아 있는 테미스키

라로 가시죠.

혹시 프티아에는 낙원이 있을지라도, 그런데도, 그

런데도 아, 친구여 디아나 신의 신전이 떡갈나무 숲

위로 솟아나 있는 테미스키라로 가시죠.

아킬레스   (그녀를 일으켜 세우면서)

그렇다면 당신은 나를 용서해 주셔야 합니다. 사랑
하는 사람이여! 나는 당신을 위해 내 조국에 그런 신
전을 짓겠습니다.

제18장

메로에와 아스테리아가 아마존 여군들을 데리고 등장. 앞에 나온 사람들

메로에   저 남자를 타도하자!

아킬레스   (여왕을 풀어 주고는, 몸을 돌려)

그들이 말을 타고 폭풍처럼 돌진합니까?

아마존 여군들   (펜테질레아와 아킬레스 사이를 파고들면서)

여왕님을 해방시켜라!

아킬레스   이 오른손으로 나는—!

(여왕을 데려가려고 한다.)

펜테질레아   (아킬레스를 자기 쪽으로 끌면서)

당신은 나를 따라가지 않겠습니까? 나를 따라—?

(아마존 여군들이 활을 당긴다.)

오디세우스   가시죠! 정신없는 사람아! 이 자리는 더 이상 반항할 수 있는 곳이 못 됩니다— 따라오세요!

(아킬레스를 끌고 간다. 모두 퇴장)

제19장

디아나 신을 섬기는 여제사장, 무녀들. 그리스인들을 제외한 앞에 나온

사람들

아마존 여군들 승리다! 승리! 승리다! 여왕님은 구출되었다!

펜테질레아 (잠시 사이를 두고)

나는 이 승리를 저주한다! 그 승리를 찬양한 모든 혀

들을 저주한다! 그 승리를 멀리 전한 공기를 저주한

다! 옛날부터 내려오는 기사(騎士)의 풍습에 비춰 보

더라도 나는, 무운이 나빠 그의 손에 넘어가지 않았

는가?

적어도 인간 종족이 서로 싸우고 있는 이상, 인간이

여우랑 호랑이와 싸우지 않는 이상,

내가 묻고 싶은 것은, 일단 그런 전쟁에서 항복한 포

로를 그 승자의 구속으로부터 해방시키는 법이 어디

있느냐—?

아킬레스여!

아마존 여군들 아, 신들이여, 우리들이 바로 들었는가?

메로에	아르테미스 신전의 여제사장님!
	제발 앞쪽으로 나와 주십시오!
아스테리아	여왕님이 화를 내십니다. 수치스런 포로의 상태에서 우리가 그녀를 구출했기 때문입니다!
여제사장	(여군들의 무리 속에서 걸어 나오면서)

아, 여왕님, 분명히 말씀드리는데, 당신이 방금 하신 말은 수치스런 말로서 오늘의 비행에 더할 나위 없이 잘 어울리는 말이었습니다. 당신은 단순히 우리 나라의 풍습을 무시하고 멋대로 전장에서 적을 찾아 나섰고, 당신은 적을 무찌르는 대신에, 전장에서 그 적에게 항복했으며, 당신은 그에 대한 보상으로 그에게 장미로 화관을 만들어 주었을 뿐 아니라, 당신은 당신의 성실한 국민이 당신을 묶은 사슬을 끊어 주자 그들에게 도리어 화를 내었고, 그들에게 등을 돌리더니 당신을 무찌른 압제자를 다시 불렀습니다. 좋습니다. 타나이스의 위대한 딸인 당신, 저는 당신에게 이 성급한 행동에 대해 간절히 용서를 빕니다— 그것은 실수이며, 그 이상은 아무것도 아닙니다— 그를 위해 국민이 흘린 피를 저는 지금 후회하며, 마음 속으로는 당신을 위해 잃어버린 포로들을 이곳으로 불러오고 싶습니다.

저는 국민의 이름으로 당신이 자유롭다고 말씀드립니다. 당신은 이제 당신이 원하는 곳 어디든지 가실 수 있습니다.

당신은 옷을 나부끼며 그를 뒤쫓아 가실 수 있습니다. 당신을 사슬로 묶었던 그 남자에게, 우리들이 부순 그 사슬을 넘겨줄 수 있습니다.

신성한 군법으로 말한다면, 그렇게 되지 않으면 안 됩니다. 그러나 여왕이신 당신은 우리들이 지금 전투를 포기하고 테미스키라로 가는 귀국길에 오른다고 해도 용서해 주시리라고 봅니다.

우리들은 적어도, 저기로 도망치는 저 그리스인들에게 멈추어 서라고 요구할 수는 없습니다.

당신처럼 손에 승리의 관을 들고, 우리들의 발아래에 엎드리라고 그들에게 간청할 수 없습니다.

(사이)

펜테질레아　(비틀거리면서)

프로토에여!

프로토에　사랑스런 자매여!

펜테질레아　제발 내 곁에 머물러 있어라!

프로토에　죽을 때까지 당신 곁을 떠나지 않겠습니다. 아시잖아요. 여왕님, 왜 몸을 떨고 계십니까?

펜테질레아　아무것도 아니다, 아무것도 아니다. 나는 곧 정신이 들 거야.

프로토에　당신은 큰 슬픔에 젖어 있군요. 그걸 대담하게 참으세요.

펜테질레아	그들은 사라졌느냐?
프로토에	무슨 말씀입니까 여왕님?
펜테질레아	우리가 쓰러뜨린 모든 젊은 무리들은—?
	그들이 나 때문에 도망가 버렸느냐?
프로토에	안심하세요, 당신은 다음 싸움에서 그들을 우리에게
	다시 데려올 수 있을 것입니다.
펜테질레아	(프로토에의 가슴에 기대며)
	결코 그런 일은 없을 거야!
프로토에	여왕님!
펜테질레아	결코 그런 일은 없을 거야! 나는 영원한 암흑 속으로
	숨고 싶다!

제20장

한 전령이 등장. 앞에 나온 사람들

메로에	한 전령이 당신에게 다가옵니다. 여왕님!
아스테리아	무슨 용무로 왔는가?
펜테질레아	(기쁜 표정을 살짝 내보이며)
	아킬레스님으로부터 온 전령인가—! 아, 나는 무슨
	소식을 듣게 될까?
	아, 프로토에여, 그를 다시 돌아가게 해라!

프로토에	당신은 무슨 소식을 갖고 왔습니까?
전령	아킬레스님이 저를 당신께 보냈습니다.

여왕님, 갈대의 관을 쓴 네리데의 아들인 아킬레스님이 저를 보내시어, 저의 입으로 당신께 이렇게 전하라고 했습니다.

당신은 아킬레스를 포로로서 당신의 고향으로 데려가려고 생각하고, 아킬레스님은 또 당신을 그의 고향으로 데리고 가려고 생각하고 있습니다.

아킬레스님은 생사를 걸고 결투하기 위해, 당신을 다시 한번 더 싸움터로 불러내는 것입니다.

그것은 공정한 신들의 면전에서, 두 사람 중 어느 누가 신들의 신성한 결의대로 적의 발목 아래의 흙을 맛볼 것인가를, 운명의 혓바닥인 칼로 결정하기 위함입니다.

당신은 생사를 무릅쓰고 결투에 임할 용기가 있습니까?

펜테질레아   (갑자기 얼굴색이 파랗게 되면서)

이 저주받을 독설가여, 네가 다시 입을 열기 전에 너의 혓바닥을 뽑아 버리겠다!

마치 모래 덩어리가 끝없는 절벽에서 떨어져서 높은 바위틈을 덜컹거리며 흘러내려 여기저기로 구르는 소리를 듣는 것만 같구나.

(프로토에에게)

이 남자가 말한 것을 내게 한 마디 한 마디 복창해
봐라.

프로토에 (떨면서)

펠레우스의 아들인 아킬레스가 이 전령을 이리 보내
어 당신을 싸움터로 불러내려 한다고 생각합니다.
딱 잘라 거절하며 "아니오"라고 말하세요.

펜테질레아 그건 불가능해.

프로토에 왜 그렇습니까, 여왕님?

펜테질레아 아킬레스가 나를 싸움터로 불러내었지?

프로토에 제가 "아니오"라고 말하고 그를 돌려보낼까요?

펜테질레아 펠레우스의 아들이 나를 싸움터로 불러내었지?

프로토에 결투를 하기 위해서— 그래요, 여왕님, 제가 말한 대
로입니다.

펜테질레아 자기와 힘을 겨루기에 내가 너무 약하다는 것을 알
고 있는 그가 전쟁터에서 싸우고자 부른단 말이지,
프로토에?

여기 이 충실한 가슴이 그의 날카로운 창을 때려 부
수었을 때에야 비로소 그의 마음을 감동시키는 것
일까?

내가 그에게 속삭였던 말도 그의 귀에는 단지 음악
적인 말로만 들렸단 말인가? 그는 떡갈나무 숲속에
우뚝 솟아 있는 성전을 생각하지 않는단 말인가?

내 손이 돌로 된 조각상에 화관을 씌워 주었단 말

인가?

프로토에   감정이 메마른 그 사람을 잊으십시오.

펜테질레아   (상기된 얼굴로)

좋아,

이제 내게는 그에게 대적할 힘이 솟아났다.

나는 그를 무찌르지 않으면 안 된다. 설사 라피텐인[32]

과 거인들이 그를 보호한다고 할지라도.

프로토에   사랑하는 여왕님—

메로에   신중히 생각하신 것입니까?

펜테질레아   (그들을 가로막으며)

너희들은 모든 포로들을 다시 가지게 될 것이다!

전령   그렇다면 당신은 전장으로—?

펜테질레아   나는 전쟁터에서 그와 만날 생각이다.

그는 신들이 보는 앞에서, 복수의 여신들 앞에서도

나를 대면하지 않으면 안 된다!

(천둥이 친다.)

여제사장   제 말이 당신의 마음을 자극했더라도, 펜테질레아

여, 저를 더 이상 괴롭히지 마세요.

펜테질레아   (눈물을 참으면서)

---

32 반인 반마의 괴수

아, 상관하지 마십시오, 성스런 여제사장님!

당신은 내게 쓸데없는 말을 하시지 않았습니다.

메로에 존귀하신 여제사장님, 당신의 위엄으로 여왕님을 만류하십시오.

여제사장 여왕님, 당신은 당신에게 화를 내고 있는 신의 소리를 듣고 있습니까?

펜테질레아 그 신을 내가 불러 내렸습니다. 모든 천둥을 데리고 오라고!

연대장 1 (동요하며)

여러분 영주님들—

연대장 2 그것은 불가능한 일입니다!

연대장 3 그런 일은 있을 수 없습니다!

펜테질레아 (손발을 과격하게 흔들면서)

이리 오너라, 개들을 지휘하는 아난케야!

연대장 1 아군은 흩어졌고, 힘도 약해졌습니다.

연대장 2 아군은 지쳤습니다—

펜테질레아 티로에여, 넌 코끼리를 몰고 와!

프로토에 여왕님! 당신은 개들과 코끼리들을 데리고 그를—?

펜테질레아 낫이 달린 전차여 오라! 전장의 수확제가 열리는 곳으로 오라! 끔찍한 살육의 대열로 오너라!

너희들의 줄기와 곡식을 영원히 베어 버리듯이, 사람의 종자를 타작해 버려라.

내 기병대들아, 내 주위로 와서 집결해라!

전쟁을 수행하는 모든 끔찍한 도구들아! 나는 너희
들을 부른다.
모든 것을 파괴하는 무서운 것들아, 이리 오너라!

(그녀는 한 아마존 여군의 손에서 큰 활을 뺏는다. 아마존
여군들이 여러 마리의 개들을 데리고 등장. 잠시 후, 다른
사람은 코끼리와 불쏘시개를, 그리고 낫이 달린 전차를 몰
고 등장)

프로토에   사랑하는 이여! 제 말을 들으십시오!

펜테질레아   (개들을 향해 몸을 돌려)

티그리스 이리 오너라! 나는 너를 필요로 한다! 레에
네야 이리 오너라! 그리고 털 복숭이 멜람푸스! 이리
오너라! 늑대를 붙잡을 수 있는 아클레 이리 오너라!
스핑크스 이리 오너라!
수노루보다 더 빠른 알렉토르, 산돼지를 넘어뜨리는
오쿠스, 이리 오너라!
사자(獅子)를 무서워하지 않는 히카이온아!

(천둥이 요란하게 친다.)

프로토에   아, 그녀는 제정신이 아니다—!

연대장 1   그녀는 미쳤다!

펜테질레아 (모든 정신착란의 조짐을 보이며 꿇어앉는다. 한편 개들은 무섭게 울부짖는다.)

아레스 신이여, 저는 지금 우리 가문의 시조이시고 무서운 당신에게 간청합니다. 아— 당신의 황동 전차를 제게로 내려보내 주십시오. 그것을 타고 당신이 도시의 성벽과 성문을 쳐부수고, 파멸의 신으로서 시가도 쳐부수며 사람의 대열을 지금까지 짓밟고 있는, 당신의 황동 전차를 하늘에서 내려 주십시오! 저는 그 전차에 올라 말고삐를 잡고, 전장으로 나아가 마치 검은 구름에서 번개가 치듯이 저 그리스인들의 머리 위를 내리치겠습니다.

(그녀는 일어선다.)

연대장 1 여러 영주님들!

연대장 2 자, 여왕님을 말리소서! 그녀는 미쳤습니다.

프로토에 위대하신 여왕님! 제 말을 들으세요!

펜테질레아 (활을 팽팽히 당기면서) 아, 재미있다! 나는 내 화살이 또다시 적중할지 시험해 보지 않으면 안 된다.

(프로토에를 겨냥한다.)

프로토에 (기겁해서 넘어진다.)

아 신들이여!

무녀 1 (그사이에 재빨리 여왕 뒤에 서면서)

아킬레스가 부르고 있습니다.

무녀 2 (마찬가지로) 아킬레스가!

무녀 3   그는 여기 당신 뒤에 서 있습니다!

펜테질레아   (몸을 돌리며) 어디에?

무녀 1   그가 여기에 없었던가?

펜테질레아   아니, 여기에는 아직 복수의 여신들이 모이지 않았
                다—

                나를 따르라, 아난케야! 다른 사람들도, 나를 따라와!
                (천둥 번개가 요란한 가운데, 모든 전투원들을 데리고 퇴장)

메로에   (프로토에를 일으켜 세우면서)
                무서운 여자야!

아스테리아   가자, 여인들아 빨리 여왕의 뒤를 따라가자!

여제사장   (시체처럼 창백해지며)
                아, 영원하신 신들이여! 당신들은 우리들에게 어떤
                운명을 정해 주신 것입니까?

                (모두 퇴장)

제21장

*아킬레스, 디오메데스 등장. 잠시 후 오디세이 그리고 마지막으로 전령
등장*

아킬레스   디오메데스여, 제발 내 말을 들어 보게!

내가 자네에게 털어놓고 하는 이야기에 관해서는 도
학선생이며 성격이 까다로운 오디세우스에겐 한마
디도 말하지 말게!

나는 그 친구의 입술 표정만 보아도 매우 감당하기
어려우며, 불쾌하여 견딜 수 없어.

디오메데스   아킬레스, 자네는 그 여자에게 전령을 보냈나?

그게 사실인가? 정말인가?

아킬레스   친구여, 자네에게 말하겠네—

그러나 자네는 아무런 대꾸도 하지 말게, 알겠나? 한
마디도 대답해서는 안 되네—!

이 이상한 여인, 반은 복수의 여신이고 반은 우아한
미(美)의 여신인 그녀는 나를 사랑하고 있네—

그리고, 그리스에 많은 여성들이 있음에도 불구하고,
스틱스강과 저승 세계 전체에 맹세코, 나도 그녀를
사랑한다네.

디오메데스   뭐라고!

아킬레스   사실이 그렇다네! 그러나 그녀에겐 신성한 망상이
하나 있는데, 전투 중에 나를 자신의 칼로 베어 넘기
려 한다네. 그렇게 되기 전엔 나를 사랑할 수 없다는
거네.

그래서 나는 전령을 보냈어—

디오메데스   뭐라고!

아킬레스   이 사람은 내 말을 이해하지 못하네!

이 세상에 사는 동안 자신의 푸른 눈으로 보지 못한

것에 대해서는, 상상으로도 그걸 이해하지 못하네.

디오메데스 그럼 자네는—? 아니, 확실히 말하게! 자네는—

원하지?

아킬레스 (잠시 사이를 두고)

그럼 대체 내가 무엇을 원한단 말인가? 내가 그 끔직

한 짓을 하려 한단 말인가?

디오메데스 자네가 그녀에게 도전했지? 오직 그녀와 싸우기 위

해서—?

아킬레스 구름을 뒤흔드는 제우스 신에게 맹세코,

그녀는 내게 아무런 위해(危害)를 가하지 않을 거야!

그건 확실하네!

결투가 시작되면 그녀의 팔은 나를 향하지 않고, 자

기 가슴을 칠 것이고, 가슴이 피로 물들면 그녀는

"승리했다!"고 외칠 거야—!

나는 한 달 동안 그녀가 원하는 대로 해 주겠어.

한 달 또는 두 달 동안은 해 주지만 그 이상은 안 돼.

바닷물에 침식되어 옛 모습 그대로 남아 있는 이스

트무스 반도가 급히 무너져 자네들을 묻어 버리지는

않을 거네—! 그러고 나면, 그녀의 입을 통해 알게

된 것이지만, 나는 다시 야수처럼 자유로워질 것이

네. 그래서 그녀가 나를 따라오면, 주피터 신에게 맹

세코, 나는 행운아가 되어, 그녀를 내 조상의 옥좌에

앉힐 수 있을 것이네.

(오디세우스 들어온다.)

디오메데스　이리 잠깐 오게, 오디세우스, 제발 부탁하네!

오디세우스　아킬레스! 자네가 여왕을 결투장으로 불러냈지?
자네는 지쳐 있는 우리 병사들을 데리고 몇 번이나
실패한 공격을 새로 감행하려고 하는 건가?

디오메데스　아니네, 친구여. 모험도 아니고 전투도 아니네. 그는
다만 그녀의 포로가 되고 싶을 뿐이네.

오디세우스　뭐라고?

아킬레스　(얼굴이 벌겋게 된다.)
제발 자네의 얼굴을 딴 데로 돌리게!

오디세우스　그가— 원한다고?

디오메데스　그렇다네! 그는 그녀의 투구를 칼로 공격하고, 마치
검객처럼 무섭게 노려보다가, 불꽃을 튀길 정도로
사납게 그녀의 방패를 내리친 후 패배자로서 말없이
그녀의 작은 발밑에 엎드리기를 바라고 있네.

오디세우스　대체 아킬레스라는 사람이 제정신인가?
자네, 그가 하는 말을 들었나?

아킬레스　(감정을 자제하면서) 제발 부탁하네! 오디세우스, 너의
윗입술을 꼭 다물고 있게!
정의로운 신들에게 맹세코 말하건대, 내 주먹이 즉

시 날아갈 것이네!

오디세우스   (화를 내며)

지옥의 강 코치트와 그 뜨거운 강물에 맹세코! 나는 내 귀가 바르게 들었는지 알아봐야겠다.

티데우스의 아들 디오메데스여, 지금 즉시 나를 완전히 납득시킬 수 있도록 내가 네게 묻는 것에 맹세하며 대답해 다오!

그는 여왕의 포로가 되려고 하는가?

디오메데스   그렇다네!

오디세우스   그가 테미스키라로 가려고 하는가?

디오메데스   그래, 그렇네!

오디세우스   그런데 저 정신을 잃은 남자는, 마치 다른 놀잇감이 눈에 띄었다고 이제까지 하던 놀이를 그만두어 버리는 아이들의 장난처럼,

트로이 성문 앞에서 헬레나를 되찾기 위해 하는 우리들의 싸움을 방치해 버리는 것이 아닐까?

디오메데스   주피터 신에 걸고! 그렇다고 맹세하네.

오디세우스   (팔짱을 끼고)

믿을 수가 없군.

아킬레스   그는 트로이의 성에 대해 말하고 있네.

오디세우스   뭐라고?

아킬레스   뭐라니?

오디세우스   자네가 내게 무슨 말을 한 것 같은데—

아킬레스   내가?

오디세우스   그래 자네가!

아킬레스   나는 이렇게 말했다네.

그가 트로이 성에 대해서 이야기한다고.

오디세우스   그래 사실이다. 나는 정신없는 사람처럼 물었다.

트로이 성문 앞에서 헬레나를 되찾기 위한 전투를

아침의 꿈처럼 완전히 잊었느냐고.

아킬레스   (오디세우스에게 다가가면서)

오디세우스여, 자네가 잘 알고 있듯이, 트로이 성이

가라앉으면

그 자리에 푸른 바다가 들어설 것이고,

늙은 어부가 달빛을 받으면서 작은 배를 트로이의

풍향계에 갖다 댈 것이며, 에속스[33]가 프리아모스 왕

의 궁정을 휘젓고 다니고,

쥐나 수달이 헬레나의 침대에서 뒹굴게 되겠지.

지금이나 그때나 내 마음은 조금도 변하지 않을 거야.

오디세우스   지하의 강 스틱스에 걸고서! 그는 아주 진지하군, 디

오메데스여!

아킬레스   스틱스강에 걸고서도! 레르네 늪[34]에 걸고라도! 지

하세계에 걸고라도!

---

33 날카로운 이빨을 가진 탐식성 민물고기
34 아홉 머리의 뱀이 사는 늪

지상과 지하의 전 세계에 그리고 제3의 세계에 걸고
라도—!
이것은 내 진심이야, 나는 디아나 신전을 보고 싶다네!

오디세우스 (디오메데스의 귀에 대고)

디오메데스, 제발 그를 이곳에 붙잡아 두게나!

디오메데스 착한 친구여, 그래 좋다! 그런데 자네 팔을 좀 빌려
주게.

(전령 등장)

아킬레스 아, 그녀가 결투하러 나오겠지? 너는 어떤 대답을 갖
고 왔지? 그녀가 결투에 응했지?

전령 그녀가 결투에 응했습니다. 아킬레스님, 그녀는 이
미 다가오고 있습니다.
그런데 개와 코끼리들을 데려오고 있습니다. 그리고
아주 사나운 기병대를 이끌고 옵니다.
그런 것들이 결투할 때에 무엇을 할지 저는 모르겠
습니다.

아킬레스 좋다! 그것은 그녀가 사는 나라의 풍습이다. 나를 따
라오너라!
영원하신 신들에게 맹세코 아, 정말 그녀는 대단한
전술가다—!
개들을 데리고 온다고 말했지?

전령　　　　　그렇습니다.

아킬레스　　코끼리도 데리고 온다고?

전령　　　　　보기만 해도 끔찍합니다, 아킬레스님.

그녀가 트로이 성 앞에 진을 치고 있는 아가멤논을 공격하려고 했더라도,

이 정도로 무섭게 중무장을 하고 다가오지는 않았을 것입니다.

아킬레스　　(중얼거리며)

틀림없이 그들은 매우 유순해질 것이다—!

나를 따라오너라—!

아, 그들은 모두 그들의 여왕처럼 유순하네!

(수행원들을 데리고 퇴장)

디오메데스　그는 미쳤다!

오디세우스　그의 입에 제갈을 물려, 묶어 놓자—! 그리스인들아 알아들었는가?

디오메데스　여기 벌써 아마존 여군들이 다가왔다— 이 자리를 피하자!

(모두 퇴장)

제22장

얼굴이 창백해진 여제사장, 많은 무녀들과 아마존 여군들

여제사장 끈을 갖고 오너라, 여인들아!

무녀 1 존귀하신 여제사장님!

여제사장 그녀를 땅바닥에 넘어뜨려라! 그녀를 묶어라!

아마존 여군 여왕님을 두고 하시는 말씀입니까?

여제사장 저 암캐를 두고 말한다!

인간의 손으로는 더 이상 그녀를 잡을 수 없다.

한 아마존 여군 신성한 여제사장님! 당신은 제정신이 아닌 듯합니다.

여제사장 그녀를 저지하라고 우리들이 파견한 세 명의 여인들을, 그녀는 격노하여 땅바닥에 처박았다.

메로에가 무릎 꿇고 그녀의 길을 막고 온갖 달콤한 말로 그녀에게 간청하자,

그녀는 개들을 풀어 메로에를 쫓아 버렸어.

내가 멀리서 그 미친 여자에게 다가가자, 그녀는 분노에 가득 찬 눈길로 노려보며 즉시 몸을 굽혀 두 손으로 바닥에서 돌을 집어 들었어— 만약 내가 군중 속으로 재빨리 사라지지 않았더라면 생명을 잃었을 거야.

무녀 1 아 끔찍해라!

무녀 2 아, 무시무시한 일이다, 여인들이여!

여제사장　　지금 그녀는 입에는 거품을 잔뜩 머금고 개들 사이
를 미쳐 날뛰면서 개들을 자신의 자매라고 부르고
있다.

그리고 주신(酒神) 바쿠스를 돌보는 미친 여자 메나
데처럼 그녀는 활을 들고 전장을 춤추듯 돌아다니
며, 자기 주위의 살기등등한 개들을 부추기고 있다.

그녀의 말에 따르면, 지금까지 이 지상을 방황한, 가
장 아름다운 야수를 잡기 위한 것이라고 한다.

아마존 여군들　아, 저승의 신들이여! 당신들은 어떻게 그녀에게 벌
을 주려고 하십니까?

여제사장　　그러니까 군신 마르스의 딸들아, 너희들은 재빨리
끈을 가지고 그녀를 잡기 위해 올가미를 만들어 그
녀의 발이 빠지도록 덤불로 덮어 저기 사거리에 놓
아두어라.

그리고 그녀의 발이 올가미에 걸리면, 마치 광포한
개처럼 그녀에게 달려들어 넘어뜨려라.

그러면 우리들은 그녀를 묶어서 고향으로 데려가,
그녀를 구할 가능성이 있는지 알아보자.

아마존 여군들　(무대 밖에서)

우리가 이겼다. 만세! 만세! 아킬레스가 쓰러진다! 영
웅이 생포되었다! 승리한 여왕은 그의 이마에 장미
화관을 씌워 줄 것이다!

(사이)

여제사장   (기쁨에 목이 메인 소리로)

              내가 제대로 들었나?

무녀들, 아마존 여군들   신들이여 찬양받으소서!

여제사장   이것은 기쁨의 환호 소리가 아닌가?

무녀 1   승리의 고함 소리입니다. 아 성스런 분이여!

              이제껏 이보다 더 아름다운 소리를 들어 보지 못했

              습니다.

여제사장   처녀들아, 무슨 일이 일어났는지 누가 내게 알려 주

              겠느냐?

무녀 2   빨리 서둘러라, 테르피야! 저 언덕 위에 올라가서 내

              려다보이는 광경을 말씀드려라!

아마존 여군   (그사이에 언덕 위로 올라가, 소스라치게 놀란다.)

              그대들, 지옥의 무시무시한 신들이여,

              나는 그대들을 증인으로 부르겠습니다— 이게 무슨

              광경인가!

여제사장   자, 어서—, 그녀는 마치 괴물 메두사를 본 것 같구나!

무녀들   무엇이 보이니? 말해라, 말해 봐!

앞의 아마존 여군   펜테질레아님이다! 인간의 몸에서 태어난 그녀

              는, 사나운 개들과 함께 섞여 뒹굴고 있습니다!

              그리고 아킬레스의 사지를 물어뜯어 산산조각 내고

              있습니다!

여제사장   무섭구나! 아, 무섭다!

모두들   아— 무시무시하다!

　　저기 메로에님이 시체처럼 창백해져, 저 잔혹한
행위의 수수께끼를 풀어 줄 말을 전달하려고 우리에
게로 다가오고 있습니다.

(언덕 위에서 내려온다.)

제23장

메로에 등장, 앞에 나온 사람들

메로에　　아, 디아나 신의 성스런 무녀들이여! 마르스 신의 순
결한 따님들, 내 말을 들어 보십시오!
나는 아프리카의 고르곤[35]이며 그대들을 그 자리에
서 돌멩이로 만들 수 있습니다.[36]

여제사장　　이 끔찍한 여인아, 말해 보세요! 무슨 일이 일어났
지요?

메로에　　당신들도 아시듯이, 여왕님은 사랑하는 청년과 결투
를 하기 위해 나갔습니다.
그 후로 그녀는 그의 이름을 부르지 않았습니다—
그녀는 젊은 감정의 혼란에 빠져 그를 소유하려는

---

35 메두사를 말하는 것으로, 아프리카는 그리스에서 보면 멀고 무서운 토지라는 뜻
36 메두사를 쳐다본 자는 돌로 변한다.

불타는 소망으로 모든 가공할 만한 무기들을 들고
울부짖는 개들과 코끼리들에 에워싸인 채 손에는 활
을 들고 나아갔습니다— 시민들에게 맹위를 떨치는
전쟁이, 피투성이가 된 잔혹한 모습으로 번영하는
도시 위로 횃불을 흔들면서 공포의 큰 발걸음으로
걸어간다 해도 그녀처럼 그렇게 무시무시하고 두렵
게 보이지는 않았을 것입니다!

우리 병사들의 증언에 의하면, 아킬레스는 단순히
결투에서 그녀에게 스스로 져 주기 위해 그녀를 전
장으로 불러냈답니다.

아, 신들의 힘이 얼마나 위대한가—! 그 젊은 바보가
그녀를 사랑하고 있었기 때문입니다. 그는 그녀의
아름다움에 감동되어, 디아나 신전까지 그녀를 따라
가려고 했습니다.

그는 달콤한 예감에 잔뜩 부풀어, 전우들을 후방에
남겨 둔 채, 그녀에게 가까이 다가갔습니다.

그러나 단지 보여 주기 위해 그저 창 하나만 들고 있
는 자신에게로 그녀가 그런 중무장을 하고 무시무시
하게 돌진해 오는 것을 본 그는 놀라 걸음을 멈추고
가늘고 긴 목을 돌리며 귀를 기울였습니다.

그리고 깜짝 놀라 달아나다가 멈춰 서고 다시 달아
나기를 반복했답니다.

마치 깊은 계곡의 사자가 멀리서 울부짖는 소리를

듣고 깜짝 놀란 어린 노루처럼 그는 목멘 소리로 "오디세우스"라고 부르며 겁에 질려 두리번거리며 둘러보고 난 후, "디오메데스" 하고 불렀습니다.

그러고는 전우들에게로 달아나려 했지만 이미 한 무리의 병사들에게 퇴로를 차단당한 후였습니다.

그 불행한 남자는 두 손을 들고, 몸을 구부리고, 검푸른 가지들을 무성하게 늘어뜨리고 있는 떡갈나무 밑에 몸을 숨겼습니다— 그사이에 여왕은 맹견들을 데리고 사냥꾼처럼 산이나 나무를 샅샅이 뒤지면서 다가왔습니다.

그때 마침 그가 나뭇가지를 헤치고 그녀의 발밑에 넘어지자, 그녀는 "허 참, 수사슴이 뿔 때문에 잡혔네!"라고 소리치며 마치 미친 여자처럼 온 힘을 다해 즉시 활을 들어, 활의 양 끝이 서로 붙을 정도로 당겨 목표를 조준해서 쏘았습니다.

그러자 화살이 그의 목을 관통했고, 그는 쓰러졌습니다. 군인들의 입에서 거친 승리의 환호 소리가 터져 나왔습니다.

그러나 사람들 중에서 가장 불쌍한 이자는 아직도 숨을 쉬면서, 길게 튀어나와 있는 화살을 목에 꽂은 채, 목구멍에서 꼬르륵 꼬르륵 소리를 내며 몸을 일으켜 세우려다가 넘어지기를 반복하면서 달아나려 했습니다.

그런데 그녀는 개들을 불러 "물어라, 티그리스! 레에네 스핑크스! 멜람푸스! 디르케! 히르카온!"이라고 외치고는 그에게 돌진했습니다― 아, 디아나 신이여―! 그녀는 모든 개들과 함께 그에게 돌진하여 그를 넘어뜨린 다음 투구의 깃털을 잡고 그를 끌었습니다.

그녀는 마치 암캐처럼 수캐들과 어울려 가슴과 목에 달려들면서 그를 쓰러뜨렸는데, 대지가 뒤흔들릴 정도였답니다.

붉은 피를 흘리면서 나뒹굴게 된 그는 그녀의 부드러운 뺨을 만지면서 "펜테질레아여! 내 신부여! 무슨 짓을 하는 겁니까? 이게 당신이 약속한 장미의 축제입니까?" 하고 물었습니다.

황량한 설원(雪原)에서 거칠게 포효하면서 먹이를 찾아 헤매는 암사자들도 그의 소리를 들을 수 있었을 것입니다― 그러나 그녀는 그의 몸에서 갑옷을 벗겨내고, 그의 흰 가슴에 이빨을 갖다 대었습니다.

그녀와 개들이 다투기라도 하듯이, 오크스와 스핑크스는 그의 오른쪽 가슴을, 그녀는 그의 왼쪽 가슴을 이빨로 물어뜯었습니다.

내가 갔을 때, 그녀의 입과 두 손에서는 피가 뚝뚝 떨어지고 있었습니다.

(공포에 질려 잠시 사이)

여인들아, 내 말을 들었지요? 자 그럼 말해 보세요!

그리고 당신들이 살아 있다는 표시를 내게 보여 주
세요!

(사이)

무녀 1   (무녀 2의 가슴에 기대 울면서)

그런 처녀가, 헤르미아여! 저렇게 정숙한 처녀가!

온갖 손재주가 뛰어난 처녀가! 춤추고 노래할 때에
도 그렇게 매력적이었던 처녀가!

지성과 위엄과 우아함이 넘쳐흐르는 처녀가!

여제사장   아, 오트레레는 그녀를 낳지 않았다! 괴물 고르곤이
그녀를 수도의 궁전에서 낳았다!

무녀 1   (앞서 하던 말을 계속한다.)

그녀는 디아나 신전 주위에 사는 나이팅게일에게서
태어난 것 같았습니다.

그녀는 떡갈나무 꼭대기에 앉아 지저귀고 낭랑하게
노래를 불렀는데, 그 소리는 조용한 밤을 가르며 울
려 퍼졌습니다.

멀리서 그 소리에 귀를 기울인 방랑객의 가슴에 동
경의 감정이 일어날 정도였습니다.

그녀는 발밑에서 놀고 있는 반점이 얼룩얼룩 있는
벌레도 밟지 않았으며 화살이 멧돼지의 가슴을 쏘아
맞히면, 화살을 쏘지 않았더라면 좋았을 텐데라고
소리 질렀습니다.

그녀가 희미하게 죽어 가는 멧돼지의 눈빛을 보았더

라면 후회하는 마음이 생겨, 그 앞에 무릎을 꿇을 수
도 있었을 것입니다.

(사이)

메로에   지금 그 무시무시한 여자는 아무 말 없이 개들이 코
로 냄새를 맡고 있는 그의 시체 옆에 서 있습니다.
그녀는 승리를 자랑하듯 활을 어깨에 메고 허공을
멍하니 쳐다보며 아무 말을 하지 않습니다.
무서움에 머리카락을 곤두세운 채 우리들이 그녀에
게 대체 무슨 일을 했느냐고 물어도 그녀는 입을 다
물었습니다.
우리의 말을 알아들었느냐고 물어도 그녀는 대답하
지 않았습니다. 우리를 따라가겠느냐는 물음에도 그
녀는 대답하지 않았습니다.
공포가 저를 엄습해 왔고, 그래서 저는 당신들에게
로 도망쳐 왔습니다.

제24장

펜테질레아―아킬레스의 시체가 붉은 양탄자에 덮혀 있다―
프로토에와 그 밖의 다른 여인들

아마존 여군 1   보십시오, 보십시오, 여인들이여―! 저기 그녀가 걸

어오고 있습니다. 저 무서운 여자는 말라 죽은 산사나무를 휘감은 쐐기풀로 엮어 만든 화관을 월계관 대신 쓰고 있습니다.

저 잔인한 여자는 마치 불구대천의 원수를 쏘아 죽인 듯이 의기양양하게 활을 어깨에 걸고 그 끔찍한 시체를 뒤따라오고 있습니다!

무녀 2 아, 저 손을—!

무녀 1 아, 여인들아 얼굴을 딴 데로 돌려라!

프로토에 (여제사장의 가슴에 파묻히면서)

아, 여제사장님!

여제사장 (깜짝 놀라며)

디아나 신이여! 나는 이 만행에 대해 아무런 책임이 없습니다!

아마존 여군 1 그녀는 이제 막 여제사장님 앞에 섭니다.

아마존 여군 2 그녀가 신호를 합니다, 보세요!

여제사장 아 끔찍한 여인아, 저리 가시오!

지옥으로 가는 것이 좋아! 가라고 내가 말했지 않소!

이 면사포를 받아서 그녀의 얼굴을 가려 버려라!

(자신의 면사포를 벗어 여왕의 얼굴에 던진다.)

아마존 여군 1 아, 살아 있는 시체다. 그녀는 움직이지 않는다—!

아마존 여군 2 그녀가 계속 신호를 보낸다—

아마존 여군 3 계속 신호를 한다—

아마존 여군 1 계속 여제사장님의 발밑으로 신호를 보낸다—

아마존 여군 2 보아라, 보아라!

여제사장 내게 무엇을 원합니까? 저리 가라고 내가 말했지 않았는가!

까마귀들한테로 가는 것이 낫겠소, 이 유령아! 가서 썩어 없어져 버려라!

당신의 눈에 띄게 되면 내 생명의 평화가 없어진다.

아마존 여군 1 아, 그렇다. 우리들은 그녀를 이해할 수 있다. 저기 봐—

아마존 여군 2 이제 그녀는 조용하다.

아마존 여군 1 그녀가 우리에게 원했던 것은 아킬레스의 시체를 반드시 디아나 여제사장의 발밑에 놓아두라는 것이다.

아마존 여군 3 왜 꼭 디아나 여제사장의 발밑에 놓아두어야 하는가?

아마존 여군 4 그녀가 생각하고 있는 것이 뭘까?

여제사장 그것이 무슨 뜻인가?

왜 내 앞에 그 시체를 놓아두어야 하는가?

그 시체를 발길이 닿지 않는 산에 묻으세요.

그리고 당신이 행한 짓의 모든 기억들도 함께 묻어 버리세요! 내가 당신을— 더 이상 사람이 아닌 당신을 어떻게 불러야 하는가?

내가 당신에게 이 끔찍한 살인을 하라고 요구했던가?

만약 애정을 가진 내 입에서 나온 부드러운 꾸지람 때문에 그런 끔찍한 행동을 했다면, 복수의 여신을 불러 자비심에 대한 설교를 듣지 않으면 안 되겠구나.

아마존 여군 1 그녀는 계속 여제사장을 쳐다보고 있다.

아마존 여군 2 여제사장의 얼굴을 똑바로 쳐다본다—

아마존 여군 3 그 자리에서 꼼짝도 하지 않고, 마치 그녀를 뚫으려
는 듯이 쳐다본다.

여제사장 가십시오, 프로토에여, 제가 당신에게 부탁합니다.
가십시오, 가서 제가 그녀를 더 이상 볼 수 없도록 그
녀를 멀리 데리고 가십시오!

프로토에 (울면서)
아, 괴롭습니다!

여제사장 자, 빨리 결심하십시오!

프로토에 그녀가 한 짓이 너무 무섭습니다. 저를 여기에 있게
해 주세요!

여제사장 진정하십시오—
그녀는 괴물의 몸에서 태어난 게 아니고, 그녀에겐
아름다운 어머니가 있습니다—
가서 그녀를 도와주십시오! 그녀를 데리고 가십시오!

프로토에 저는 다시는 그녀를 이 눈으로 보지 않겠습니다—!

아마존 여군 2 보라! 그녀는 지금 가느다란 화살을 노려보고 있다!

아마존 여군 1 그녀는 그것을 이리저리 돌리고 있다—!

아마존 여군 3 그녀는 그 길이를 재고 있다!

무녀 1 그녀는 그 화살로 아킬레스를 죽인 것 같다.

아마존 여군 1 맞다. 여인들아 그게 바로 그 화살이다!

아마존 여군 2 보라, 그녀가 화살에서 피를 닦아 낸다! 핏자국을 하

나하나 닦아 내지 않는가!

아마존 여군 3 그녀는 그러면서 무슨 생각을 할까?

아마존 여군 2 그녀는 화살 깃을 말리고, 그 굽슬굽슬한 결대로 주름을 잡는다! 아, 멋있다! 모든 것이 원래대로 되었다. 보아라!

아마존 여군 3 그녀는 습관적으로 그렇게 하는 걸까?

아마존 여군 1 그녀가 평소에도 스스로 그렇게 하느냐?

무녀 1 그녀는 활과 화살을 언제나 자기 손으로 닦는다.

무녀 2 그렇다면 그녀는 활과 화살을 신성하게 취급하는 거야—

아마존 여군 2 그런데 지금 그녀는 화살통을 어깨에서 내려 그 화살을 통에 다시 꽂는다.

아마존 여군 3 이제 그녀의 일은 다 끝났다—

아마존 여군 2 그렇다, 다 끝났다—

무녀 1 이제 그녀는 다시 자기 주위를 둘러본다—!

다수의 여군들 아, 비참한 광경이구나! 풀 한 포기 없는 황량한 사막 같구나!

대지의 품속에서 달구어져 지상의 모든 꽃들에게 내뿜어진 화염의 불길로 황폐해진 꽃동산도 그녀의 얼굴보다 더 아름다울 것이야.

펜테질레아 (전율하며, 활을 떨어뜨린다.)

여제사장 아, 무시무시한 여자다!

프로토에 (경악하며) 어머나, 무슨 일이지?

아마존 여군 1   활이 그녀의 손에서 떨어진다!

아마존 여군 2   보라, 그것이 흔들거린다—

아마존 여군 4   시끄럽게 딸랑거리며, 흔들려 떨어진다—!

아마존 여군 2   땅에서 다시 한번 더 움직인다—

아마존 여군 3   이제, 최초의 여왕 타나이스와 함께 생긴 통치의 상
징인 그 활은 죽는다.
(사이)

여제사장   (갑자기 여왕을 향해)
위대한 여왕님, 용서해 주세요!
디아나 여신은 당신에게 만족합니다. 당신은 여신의
노여움을 풀어 주셨습니다.
고백하건대, 여인국의 위대한 건설자이신 타나이스
여왕조차도 당신보다 더 품위 있게 활을 다루지 못
했습니다.

아마존 여군 1   그녀는 침묵하고 있다—

아마존 여군 2   그녀의 눈이 부어 있구나—

아마존 여군 3   그녀는 피 묻은 손가락을 들어 올린다. 무엇을 하려
는가? 보라, 보아라!

아마존 여군 2   아, 이 광경이 비수보다도 더 아프게 가슴을 찌른다!

아마존 여군 1   그녀는 눈물을 닦고 있다.

여제사장   (프로토에의 가슴에 쓰러지면서)
아, 디아나 여신이여!
눈물을 흘리다니!

무녀 1   아, 신성한 여제사장님, 그 눈물은 인간의 가슴에
               파고들어, 감정의 경종을 울리며 슬프다고 외치는
               군요.
               여왕의 황폐한 영혼을 보며 슬퍼하는 감상적인 사
               람들의 눈에서 흘러나온 모든 눈물이 호수를 이룹
               니다.

여제사장   (매우 괴로운 표정을 지으며)
               그런데— 프로토에가 그녀를 도와주지 않는다면 그
               녀는 여기서 틀림없이 고통으로 죽을 것이다.

프로토에   (심한 갈등의 표정을 보인다. 그런 후 흐느낌 때문에 말을
               제대로 잇지 못하며 여왕에게 다가가)
               여왕님, 자리에 앉아 주시겠습니까?
               충직한 제 가슴에 기대어 잠시 쉬지 않겠습니까?
               이 끔찍한 날, 당신은 너무 많은 전투를 했습니다.
               그리고 너무 많은 고통에 시달렸습니다.
               많은 고통에서 벗어나 충성스런 제 가슴에 기대어
               잠시 쉬지 않겠습니까?

펜테질레아   (앉을 의자를 찾으려는 듯이 이리저리 둘러본다.)

프로토에   의자를 갖고 오너라! 여왕님께서 앉으려고 하신다.

               (아마존 여군들은 돌 하나를 굴려 왔다. 펜테질레아는 프로
               토에의 손을 잡고 그 위에 앉는다. 그리고 프로토에도 자리
               에 앉는다.)

프로토에   사랑하는 자매여, 당신은 저를 알고 있지 않습니까?

펜테질레아   (그녀를 쳐다보고는 얼굴 색이 약간 밝아진다.)

프로토에   당신을 그토록 사랑하는 프로토에입니다.

펜테질레아   (프로토에의 뺨을 어루만진다.)

프로토에   아, 여왕님, 제 마음속으로 당신 앞에 무릎을 꿇고
               존경을 바칩니다.
               당신이 불쌍하기 짝이 없습니다!
               (여왕의 손에 입을 맞춘다.)
               매우 피곤하시지요? 아, 당신 손으로 행한 일을 사람
               들은 어떻게 보겠습니까, 사랑하는 이여!
               물론— 승리라는 것은 피를 흘리지 않고는 성취되지
               않으며 또 누구라도 일하고 있는 곳에서는 때를 묻
               히게 되는 법입니다—!
               그렇지만 지금 당신은 몸을 씻는 것이 어떻겠어요?
               손과 얼굴을 씻겠어요—? 물을 갖다드릴까요—?
               사랑하는 여왕님!

펜테질레아   (자기 몸을 살펴보고 고개를 끄덕인다.)

프로토에   좋다, 그녀가 씻으려 하는구나.
               (그녀는 아마존 여군들에게 물을 갖고 오라고 손짓한다. 그
               들은 물을 길으러 간다.)
               몸을 씻게 되면 기분이 좋아질 것이고, 생기가 나게
               될 겁니다.

자 부드럽고 시원한 융단 위에 편안히 몸을 쭉 뻗고,

오늘의 괴로운 일을 잊고 조용히 쉬세요.

무녀 1 그녀에게 물을 뿌려 줄 때 조심하세요!

그녀가 제정신을 차립니다.

여제사장 아, 나는 그녀가 정말 그렇게 되길 바란다.

프로토에 당신은 그렇게 되길 바랍니까, 여제사장님—?

저는 그걸 두려워합니다.

여제사장 (심사숙고하는 모습으로)

왜? 왜 그렇지요—? 그러나 무리하게 정신을 차리게

해서는 안 됩니다.

그렇지 않으면 아킬레스의 시체를—

펜테질레아 (여제사장을 힐끗 쳐다본다.)

프로토에 아, 그럼 됐어요, 됐어요—!

여제사장 아니, 아무것도 아닙니다, 여왕님. 아무것도, 아무것

도 아닙니다! 모든 것이 당신을 위해 그냥 그대로 남

아 있을 것입니다.

프로토에 그 가시관을 벗으세요.

우리들은 모두 당신이 승리한 것을 잘 압니다.

당신의 목 칼라를 좀 느슨하게 푸세요—

자, 자! 보세요, 여기 상처가 있어요. 그것도 아주 심

하게 다치셨네! 아이고 불쌍한 사람!

당신은 정말 힘겹게 싸웠군요— 이제 그 대가로 멋

진 승리를 거두셨습니다—!

아, 아르테미스 신이여!

(두 아마존 여군이 물을 가득 담은 대리석 물통을 갖고 온다.)

프로토에　여기에 그 통을 놓아라—

내가 당신의 머리를 씻겨 드릴까요? 당신은 놀라지

않으시겠지요—? 지금 뭘 하시는 겁니까?

펜테질레아　(그 자리에서 물통 앞에 무릎을 꿇고 엎드려 머리에 물을 붓

는다.)

프로토에　보세요! 사실 당신은 건강합니다. 여왕님—!

한결 기분이 상쾌해졌지요?

펜테질레아　(주위를 둘러본다.) 아, 프로토에!

(그녀는 또 한 번 몸에 물을 붓는다.)

메로에　(기뻐하며)

여왕님께서 말을 하신다!

여제사장　하늘에 계신 신들께 감사를 드립니다!

프로토에　좋습니다. 좋습니다!

메로에　그녀가 다시 생기를 찾으셨다!

프로토에　멋집니다!

머리를 완전히 물에 담그세요, 사랑하는 이여!

자! 한 번 더! 그래 그렇게! 젊은 백조처럼—!

메로에　사랑스런 모습!

무녀 1　머리를 잘도 숙이시네!

메로에   물이 뚝뚝 떨어지는 것을 보아라!

프로토에   이제 다 끝났습니까?

펜테질레아   아— 놀랍구나!

프로토에   그럼, 다시 자리에 앉아 주세요—!

무녀들아, 너희들의 수건을 빨리 이리 줘! 그녀의 머리를 말려 드려야겠다.

파니아, 너의 수건을! 테르피, 네 것도! 나를 도와줘, 자매들아!

그녀의 머리와 목을 완전히 감싸자! 자, 이렇게—! 이제 의자로 돌아가자!

(여왕을 수건으로 싸고, 의자에 앉히며 가슴에 꼭 껴안는다.)

펜테질레아   아 상쾌하다!

프로토에   기분이 좋으시죠—? 안 그래요?

펜테질레아   (중얼거리며) 황홀하다!

프로토에   자매여! 사랑하는 자매여! 저의 생명이여!

펜테질레아   오, 내게 말해 다오—! 나는 낙원에 있는가?

너는 우리들의 거룩한 여왕이 떡갈나무 숲에서 조용히 소리 내면서 수정의 동굴에 내려올 때, 그녀를 둘러싸고 봉사하는 영원히 젊은 님프들 중의 하나인가?

너는 오직 나를 기쁘게 하기 위해서 내 사랑하는 프로토에의 모습을 하고 있는 것이냐?

프로토에   아, 아닙니다, 사랑하는 여왕님. 아닙니다, 그게 아닙
            니다.
            당신을 팔에 안고 있는 사람은 다른 사람도 아닌 저
            프로토에입니다.
            그리고 당신이 여기서 바라보고 있는 것은 낙원이
            아니고, 다만 신들이 멀리서 내려다보고 있는, 허약
            하기 짝이 없는 현세입니다.

펜테질레아   그래, 그런가, 그래도 좋다. 아무 상관 없다.

프로토에   뭐라고요, 여왕님?

펜테질레아   나는 만족한다.

프로토에   사랑하는 여왕님, 속마음을 털어놓으세요, 이해할
            수 없습니다—

펜테질레아   내가 아직 살아 있다는 것이 기쁘다. 나를 조용히 쉬
            게 해 줘!
            (사이)

메로에   참 이상하다!

여제사장   얼마나 이상한 변화인가!

메로에   우리가 어떻게 하면 그녀의 마음을 잘 알 수 있을까?

프로토에   도대체 왜 당신은 유령의 나라에 내려가 있다는 망
            상을 하고 있습니까?

펜테질레아   (잠시 후 일종의 황홀경에 빠져들며)
            나는 행복하다, 프로토에여! 매우 행복하다!
            오, 디아나 여신이여, 나는 지금 천명을 다한 것으로

느끼고 있습니다.

비록 여기서 내게 무슨 일이 일어났는지 모르지만, 나는 아킬레스에게 승리했다는 확실한 믿음을 갖고 지금 당장 죽을 수도 있습니다!

프로토에   (몰래 여제사장에게)

지금 즉시 저 시체를 치웁시다!

펜테질레아   (힘차게 일어나며) 아, 프로토에여!

너는 누구와 말을 하니?

프로토에   (두 운구인들이 아직 주저하고 있다.)

빨리 치워라, 이 정신 나간 것들아!

펜테질레아   아, 디아나 신이여! 그게 진실입니까?

프로토에   그게 진실이냐고 물으셨어요? 사랑하는 이여—! 여기로! 모두들 모여라!

(무녀들에게 들어 올려지는 시체를 몸으로 가리라고 신호한다.)

펜테질레아   (기쁜 듯이 두 손을 얼굴에 대고) 성스러운 신들이여! 나는 주위를 둘러볼 용기가 나지 않습니다.

프로토에   무엇을 하려고 하세요? 무슨 생각을 하십니까, 여왕님?

펜테질레아   (주위를 둘러보며)

아, 사랑하는 이여, 너는 모른 체하고 있구나.

프로토에   아닙니다. 이 세계의 영원한 신인 제우스 신에게 맹세코!

펜테질레아   (점점 초조해지면서)

아, 성스러운 사람들아, 제발 저리 좀 비켜라!

여제사장   (다른 여인들과 함께 바짝 다가서면서)

사랑하는 여왕님!

펜테질레아   (일어서면서)

아, 디아나 신이여! 내가 보면 왜 안 됩니까? 아, 디아

나 신이여!

그는 이미 내 등 뒤에 나타난 적이 있습니다.

메로에   보라! 보라! 그녀가 공포에 사로잡혀 있다!

펜테질레아   (시체를 들고 가는 아마존 여군들에게)

거기 서라—! 너희들 거기 들고 가는 게 뭐냐? 나는

알고 싶다. 서라!

(아마존 여군들을 손으로 헤치고 시체가 있는 데까지 돌진

한다.)

프로토에   아, 여왕님! 더 이상 들여다보지 마세요!

펜테질레아   그것이 그인가, 여인들아? 이것이 그란 말인가?

한 운구인   (시체를 내려놓으면서) 누구냐고 묻는 것입니까?

펜테질레아   있을 수 없는 일은 아니지. 나도 잘 안다.

내가 제비의 한쪽 날개를 못쓰게 할 수도 있지만, 날

개는 나중에 나아 날 수도 있을 거야.

또 나는 화살을 사용해 사슴을 공원으로 유인할 수

도 있다. 사수는 화살로 맞힐 수도 있고 못 맞힐 수

도 있다.

행복의 심장 한가운데를 쏘아 맞히는 명사수가 되는
것은 심술궂은 신들이 우리의 손을 그렇게 이끌었기
때문이다—
내가 너무 가까이에서 그를 쏘아 맞힌 것이 아닐까?
말해 봐, 그것이 그였는가?

프로토에 아, 올림포스의 무서운 신들에게 맹세코, 묻지 마세
요—!

펜테질레아 저리 비켜라! 그의 상처가 마치 지옥의 입처럼 내게
입을 크게 벌리고 하품을 한다면,
나는 그를 꼭 한 번 봐야겠다!
(융단을 들어 올린다.)
너희들 중 누가 이 짓을 했느냐, 이 괴물들아!

프로토에 아직도 그걸 물어봐야만 합니까?

펜테질레아 아, 성스러운 디아나 신이여!
이제 당신의 딸은 끝장입니다!

여제사장 여왕님이 쓰러지는구나!

프로토에 영원하신 하늘의 신들이여!
왜 당신은 저의 충고에 따르지 않았습니까?
아, 불행한 여인인 당신은 그 무시무시한 날을 보는
것보다는 오히려 이성의 일식(日蝕) 안에서 영원히
헤매는 것이 더 낫겠습니다—!
사랑하는 이여, 제 말을 들으세요!

여제사장 여왕님!

메로에 만인의 가슴이 당신의 고통을 함께할지어다!

여제사장 일어나세요!

펜테질레아 (반쯤 몸을 일으켜 세우고) 아, 피 묻은 장미꽃을!

아, 그의 머리에 상처의 화관을!

아, 이 꽃봉오리가 묘지의 신선한 향기를 흩어지게

하며 땅벌레들의 축제를 위해 시들어 버리지 않았

는가!

프로토에 (부드럽게)

그런데 그에게 상처의 화관을 씌운 것이 사랑이었습

니까?

메로에 그런데 너무 잔인한 상처를 입혔다—!

프로토에 영원히 변하지 않는 사랑을 향한 열정이 지나쳐 그

만 장미 가시로!

여제사장 거기 서 있지 말고 물러가세요!

펜테질레아 그런데 내가 알고 싶은 것이 하나 있다. 누가 감히 나

와 사랑을 다투는가—!

누가 살아 있는 그를 죽였는지 묻고 싶지 않다. 거룩

하신 신들에게 맹세코!

그는 새처럼 자유롭게 내게서 도망갈 수 있다.

이미 죽은 그를 또 죽인 자가 누구인지를 나는 묻고

싶다. 이 물음에 대답해 줘, 프로토에여!

프로토에 뭐라고요, 여왕님?

펜테질레아 내가 말하는 것을 잘 들어라! 누가 그의 가슴에서

프로메테우스의 불꽃[37]을 훔쳤는지 나는 알고 싶지 않다.

내가 알고 싶지 않은 이유는 다만 내가 그것을 원하지 않기 때문이다. 내 기분이 그렇다.

그 남자를 용서해. 그는 도망가도 좋다.

그런데, 아 프로토에여, 누가 이 약탈의 순간에 열린 문을 슬며시 피하고, 눈처럼 흰 모든 석고 벽들을 부수고 나의 이 신전으로 들어오겠느냐?

누가 신의 모습을 꼭 닮은 이 젊은이를 삶과 부패의 어느 쪽에 속해 있는지 논쟁할 필요가 없을 정도로 엉망으로 만들어 버렸는가?

누가 그를 그렇게 만들어 버렸는가? 그에게 동정의 눈물도 흘릴 수 없을 정도로, 천한 매춘부처럼 죽음의 순간에도 사랑의 성의를 보이지 않은 채 그로부터 얼굴을 돌리지 않으면 안 될 정도로 말이다—

나는 그에게 복수하겠다. 대체 그가 누군지 말해 보거라!

프로토에 (여제사장에게)

저 미쳐 날뛰는 여자에게 무슨 대답을 해야 좋을까요—?

---

37 프로메테우스는 인류에게 불을 갖다 준 거인으로 유명하다. 그러나 여기서는 생명력을 비유적으로 말한다.

펜테질레아　　자, 한번 들어 볼까?

메로에　　아, 여왕님, 만약 당신의 고통을 덜어 줄 수만 있다면, 우리들 중 누구에게라도 복수를 하세요.

우리 모두는 여기 서 있으며, 당신에게 몸을 바치겠습니다.

펜테질레아　　조심하세요, 그들은 아직도 내가 그렇게 했다고 말하고 있습니다.

여제사장　　(수줍어하면서)

당신 말고 누가 있겠어요, 불행한 여인이여?

펜테질레아　　너, 지옥의 여왕아, 빛의 옷을 걸치고 어떻게 그런 말을 감히 내게―?

여제사장　　저는 디아나 여신께 빌겠습니다!

여기 당신 주위에 서 있는 모든 군인들로 하여금 제가 말하는 것을 증명케 해 주십시오!

그를 쏘아 맞힌 것은 당신의 화살입니다. 아, 그것이 화살뿐이었더라면 좋으련만!

그러나 그가 쓰러질 때 당신은 심한 정신착란에 빠져, 모든 개들과 함께 그를 덮쳤던 것입니다―

아, 당신이 한 짓을 입에 담기만 해도 제 입술이 떨립니다. 더 이상 묻지 마십시오! 자, 가시죠.

펜테질레아　　우선 나의 프로토에한테서 그걸 들어야겠다.

프로토에　　오, 여왕님이여! 제게 묻지 마십시오.

펜테질레아　　뭐라고! 내가? 내가 그를―? 개들과 함께―?

이 작은 두 손으로 그를—? 사랑에 부푼 이 입이—?

아, 전혀 다른 일을 하기로 돼 있었던 이 입이 그를!

그 입과 손이 언제나, 서로 즐겁게 도와, 입에서 손으

로, 손에서 입으로—?

프로토에 아, 여왕님!

여제사장 당신 참 안됐군요!

펜테질레아 아니, 들어 봐! 그런 말로 나를 설득하려 들지 말아라!

번갯불로 밤하늘에 그렇게 썼다고 해도 천둥이 내게

그렇다고 말해 준다 해도,

나는 그들에게 "너희들은 거짓말하고 있다!"고 말해

주겠다.

메로에 그런 믿음을 산처럼 굳게 가지십시오!

우리는 그 믿음을 흔들려는 사람이 아닙니다.

펜테질레아 대체 어째서 그는 자신을 방어하지 않았을까?

여제사장 그는 당신을 사랑했습니다. 불쌍한 여인이여! 그 사

람은 당신에게 항복하여 포로가 되려고 했으며, 그

때문에 그는 가까이 다가왔습니다!

그 때문에 그는 당신에게 결투를 요구했습니다! 당

신을 따라 디아나 신전으로 가기 위해 달콤한 평화

에 가득 찬 가슴으로 그는 왔습니다.

그런데도 당신은—

펜테질레아 그런가, 그랬던가—

여제사장 당신은 그를 쏘아 맞혔습니다.

펜테질레아　　　내가 그를 갈가리 찢었다고?

프로토에　　　　아, 여왕님!

펜테질레아　　　다른 일은 일어나지 않았던가?

메로에　　　　　무서운 여자!

펜테질레아　　　내가 그를 키스로 물어 죽였던가?

무녀 1　　　　　아, 신이여!

펜테질레아　　　아니지? 내가 키스하지 않았지? 정말 물어뜯었니?
　　　　　　　　말해 봐!

여제사장　　　　슬프고 슬프다! 당신은 몸을 숨기시오!
　　　　　　　　영원히 계속되는 밤의 암흑 속으로 당신을 감추세요!

펜테질레아　　　그것은 나의 실수였다.
　　　　　　　　입 맞추고 물어뜯는 것, 그것은 운율이 같다.[38] 그리
　　　　　　　　고 진정으로 사랑하는 사람은 이 둘을 쉽게 혼동할
　　　　　　　　수 있다.

메로에　　　　　영원하신 신들이여, 이 여자를 도와주소서!

프로토에　　　　(여왕의 손을 잡고) 저리 가시죠!

펜테질레아　　　상관하지 말고 가만 놔둬!
　　　　　　　　(프로토에의 손에서 빠져나와 시체 앞에 무릎을 꿇는다.)
　　　　　　　　이 세상에서 가장 가련한 이여! 나를 용서하세요.
　　　　　　　　디아나 여신의 이름 앞에 맹세합니다.
　　　　　　　　나는 나의 입술을 부드럽게 굴리지 못하기 때문에

---

38 독일어 단어 입맞춤(Küsse) 과 물어뜯음(Bisse)은 운율이 같다.

잘못 말했을 뿐입니다.

그러나 지금은 나의 마음을 분명히 말할 수가 있습
니다. 아킬레스여, 사랑하는 이여, 그랬을 뿐입니다.
그것뿐입니다.

(아킬레스에게 키스한다.)

여제사장   그녀를 저리로 데려가세요!

메로에   왜 그녀가 여기에 더 오래 남아 있어야 하지?

펜테질레아   많은 여자들은 애인의 목에 매달려 있을 때, 대개
"나는 당신을 사랑합니다. 너무나 사랑한 나머지 당
신을 먹어 버릴 수도 있습니다"라는 말을 합니다. 그
러나 나중에 그 말을 다시 생각하면 자신도 그 말에
매스꺼움을 느껴 "어리석은 여자였구나"라고 틀림
없이 후회하는 것입니다.

자, 사랑하는 이여, 나는 그렇게 행동하지 않았습니
다. 내가 당신의 목에 매달렸을 때, 나는 방금 했던
말 그대로 실행해 보려고 했습니다.

나는 겉으로 보이는 만큼 그렇게 미치진 않았습니다.

메로에   가장 무서운 여자! 그녀는 무슨 말을 하고 있는가?

여제사장   이 여자를 붙잡으세요! 그녀를 데려가세요!

프로토에   자, 여왕님, 가시죠!

펜테질레아   (프로토에에게 이끌려 일어서며)

그래. 그래. 나는 이미 서 있다.

여제사장   그렇다면 당신은 우리를 따라오시겠습니까?

펜테질레아   너희들을 따라가지 않겠다―!
           너희들은 테미스키라로 가거라! 그리고 가능하다면
           행복하게 살아라―!
           누구보다도 프로토에, 너―
           너희들 모두―
           그리고― 아무도 듣지 못하게 몰래 한마디만 한다면,
           아마존 여인국의 건설자인 타나이스 여왕의 재를 공
           중에 뿌려라!
프로토에   그럼 당신, 저의 소중한 자매인 당신은 어떻게 하실
           생각입니까?
펜테질레아   나?
프로토에   그래요 당신은?
펜테질레아   나는 네게 말한다. 프로토에여.
           나는 여인국의 법률을 어기고, 여기 있는 이 젊은이
           를 따라가겠다.
프로토에   뭐라고 말씀하셨습니까, 여왕님?
여제사장   불행한 여인!
프로토에   당신은 정말로―?
여제사장   당신은― 할 생각입니까?
펜테질레아   뭐라고? 물론이다!
메로에   아, 하느님!
프로토에   자매여, 단 한마디 말만 하게 해 주십시오!
           (여왕에게서 비수를 빼앗으려고 노력한다.)

펜테질레아 도대체 뭔데—?

너는 내 혁대에서 무엇을 찾고 있느냐—?

아, 알았다. 잠시 기다려라! 내가 너를 이해하지 못했다—!

여기 비수가 있다.

(비수를 혁대에서 풀어 프로토에에게 넘겨준다.)

너는 화살도 원하느냐?

(어깨에서 화살 통을 내린다.)

여기에 화살을 전부 쏟아붓겠다!

(화살을 쏟는다.)

한편으로는 매력적이기도 하지만—

(몇 개의 화살을 다시 집어 든다.)

왜냐하면 여기 이것이— 아닌가? 혹은 이것이 그것이었지—? 그렇다, 맞다—! 아무것이라도 좋다! 자 이것들을 가져가라! 이것 모두를 네가 가져가거라!

(다시 화살을 모두 주워 모아 프로토에의 손에 넘겨준다.)

프로토에 이리 주세요.

펜테질레아 이제 나는 갱도를 내려가듯, 내 가슴속으로 내려가, 모든 것을 지워 버리는 광석처럼 차가운 감정을 거기서 파낼 것이야.

그리고 이 광석을 나의 비탄의 불구덩이 속에서 딱딱한 강철로 녹인 다음, 뜨겁게 스며 오는 후회의 독을 여기에 충분히 배어들게 하여, 희망의 영원한 모루에 올려놓고 날카롭고도 뾰족한 비수를 만들 것이야.

이 비수를 내 가슴에 갖다 댄다. 이렇게! 이렇게! 이렇게! 이렇게! 그리고 다시 한번—! 이제 됐다.

(그녀는 쓰러져 죽는다.)

프로토에 (여왕을 부축하며)

여왕이 숨을 거둡니다!

메로에 사실 그의 뒤를 따라간 것입니다!

프로토에 다행스런 일입니다!

왜냐하면 이 세상에서 더 이상 살아 있을 수가 없기 때문입니다.

(그녀는 여왕을 땅바닥에 내려놓는다.)

여제사장 아, 인간이란 얼마나 허약한 존재인가, 신들이여!

여기 꺾여 부러진 이 여자는 조금 전까지만 해도 인생의 높은 절정에 얼마나 자랑스럽게 도취되어 있었던가!

프로토에 이 여자는 너무도 자랑스럽고, 강하게 피어났기 때문에 쓰러졌습니다!

죽은 떡갈나무는 폭풍 속에서도 서 있습니다.

그러나 폭풍은 건강한 떡갈나무를 우지직 소리 내며 꺾어 버립니다.

그 이유는 폭풍이 그 나무의 우듬지를 붙잡을 수 있기 때문입니다.

해설

해설

1. 클라이스트의 생애

하인리히 폰 클라이스트(1777~1811)는 요하임 폰 프리드리히 소령과 그의 두 번째 아내인 율리아네 울리케 폰 판비츠의 첫아들로, 크게 번성한 옛 프로이센의 군인 장교 집안에서 1777년 10월 18일 태어났다. 우리는 작가의 어린 시절에 대해서 아는 것이 거의 없다. 확실한 것은 그가 형제자매들 속에서 명랑하게 잘 지냈다는 것뿐이다. 그보다 세 살 위의 이복누나 울리케와 그는 일생동안 신뢰에 가득 찬 사랑을 맺었다.

클라이스트는 사촌 판비츠와 함께 신학 박사학위를 준비하던 크리스티안 에른스트 마르티니로부터 첫 수업을 받는다. 그는 이 공부에 흥미를 느끼고 빠르게 배웠으나, 느림보였던 사촌은 1795년 자살해 버린다. 사촌이 죽은 뒤 클라이스트는 베를린으로 보내져, 프랑스 거류민 출신의 목사 카텔 곁에서 공부를 끝낸다. 그는 열네 살의 나이로 1792년 포츠담의 근위 연대에 사관 후보생으로 입대한다. 그는 이 연대와 함께 1793~1794년 행군을 하며, 프로이센의 라인군 몇몇 전투에 참가한다. 그러나 어머니가 죽음으로써 이 전투를 몇 달간 중단하게 된다.

1795년 바젤의 강화조약에 따라 클라이스트는 자신이 속한 연대와 함께 포츠담으로 귀환한다. 그사이에 그는 사관생도가 되고 1797년에는 소위가 된다. 그러나 그는 결코 진정한 군인은 아니었다. 연대 장교단의 활기차고 명랑한 장교였지만, 그는 이미 심도 깊게 수학, 철학, 그리고 고전어 등 학문적인 저술을 익히기 시작했으며, 또 음악에도 열중했다. 단조로운 군대 근무는 활기찬 그의 기질에 오랫동안 만족을 주지 못했고, 무엇보다도 대부분 여러 지방 출신의 회의적인 군인들로 구성된 부대의 거칠고 야만적인 규율이 클라이스트 본래의 인간적인 기질과 맞지 않았다. 그리하여 그는 이 '압제'를 떠나기로 결심한다.

1799년 국왕이 클라이스트의 제대원을 허가했다. 이제 그는 공부를 하며 훗날 공무원이 되려는 목표를 세운다. "나는 목표를 세웠다. 그것을 이루기 위해서는 내 모든 힘을 다할 것을 끊임없이 요구한다." 그의 후견인과 가족들은 그에게 법학과 정치경제학을 공부하라고 했다. 그러나 클라이스트의 마음은 이미 더 먼 곳에 있었다. 그는 아직도 계몽주의의 정신에 사로잡혀 있었고, 수학과 논리학을 '모든 학문의 확실한 기초'라고 믿었다. 그러나 학문이나 이성을 통해서 자신이 추구하는 절대진리를 발견할 수 없다고 생각했다. 그의 고향에 있던 대학은 그가 학문을 계속하는 데에 큰 도움을 주지 못했다. 그는 일자리를 찾기 위해 진지하게 몰두했으며, 폰 쩽게 소장의 딸과 약혼했을 때는 더욱 진지해진다. 1800년에는 베를린으로 갔는데, 그곳에서 그는 호의적으로 받아들여진다. 그리고 그는 공무원 준비를 위해 세무서에서 일자리를 얻는다.

그러나 한 달도 채 못 되어 세무서를 그만두고, 장관한테서 휴가를 얻어 여행길에 오른다. 클라이스트는 작센을 거쳐 뷔르츠부르크로 간다. 이 여행의 이유는 불확실하나, 오늘날 일반적으로 그는 거기서 오랜 고통을 치료하는 수술을 받았다고 알려져 있다. 그는 10월에 베를린으로 돌아와 다시 그 일을 시작하나, 다른 계획으로 방황하게 된다. 이는 가정의 전통에 대한 의무감과 창조적 자유로 나아가려는 환상 사이의 투쟁이라고 할 수 있다. 그는 새로이 공부를 시작하여 칸트철학에 몰두하는데 칸트의 저술을 읽으면서 충격적인 체험을 한다. 지금까지 자신이 해 온 인식을 얻기 위한 노력이 의미 없다고 생각한 것이다. 그는 우리가 진리라고 하는 것이 참진리인지 단지 진리처럼 보이는 것인지를 알 수 없다고 믿게 된다.

새로 펼쳐진 여행길에서 클라이스트는 이 내적 혼란에 구원을 추구한다. 그는 울리케 누나와 함께 1801년 4월 드레스덴, 그리고 빙빙 둘러 할버슈타트를 거쳐 괴팅겐으로 갔고, 또 스트라스부르크를 지나 파리로 갔다. 이 남매는 1801년 11월 파리를 떠난다. 울리케는 고향으로 돌아가고, 하인리히는 라인강을 거슬러 올라가며 스위스를 여행하였다. 이제 스위스는 그에게 새로운 조국이 되었다. 그는 매우 자연 친화적인 삶을 꿈꾸었고, 농장을 사들여

진지하게 경영했다. 하지만 아무것도 제대로 하지 못하다가 1802 년 툰 호숫가의 한 섬에서 새로 얻은 친구와의 교제(출판인 게스너, 계몽주의 대문호의 아들인 루드비히 비란트 등은 모두 문학에 몰두해 있었다)를 통해 마침내 시인에 대한 소명을 깨닫는다. 그 후 그의 삶은 작가로서의 사명을 다하는 것이었다.

첫 드라마인 「슈로펜슈타인 일가」는 베른에서 완성되었다. 그밖에도 이미 실행되지 않은 계획들이 작가의 생각을 부풀렸다. 그는 연극의 큰 그림을 구상하였는데, 그 연극을 통해 자신에게 월계관을 씌워 주고, 자신을 연극 작가의 선두에 서게 하려는 것이었다. 그것은 노르만 족장 로베르 귀스카르에 관한 것으로, 귀스카르는 비잔틴 제국을 일순간에 급습하려 했으나, 페스트가 자신의 부대에 발발하자 초인적인 의지로 무섭게 번지는 재앙에 저항해야만 했다.

1802년 8월 클라이스트는 베른에서 병을 얻는다. 누나 울리케가 급히 달려왔을 때는 벌써 회복되고 있었고, 여기서 그의 스위스 체재는 끝난다. 작가는 스위스에서 자기 삶에 새로운 방향을 기대했었지만 스위스의 새 정부가 클라이스트의 친구 비란트를 추방했고, 클라이스트는 자발적으로 그를 따라간다. 그는 친구의 아버지 즉, 크리스티안 마르틴 비란트한테서 자신의 작가적 재능을 칭찬받는다. 그는 거의 신들린 듯이 열정적으로 약 500일 동안 귀스카르의 형상화에 집요하게 몰두했다. 쉬지 않고 이리저리 여행했으며, 라이프치히와 드레스덴에 머물렀고, 1803년 중순에 불쑥 스위스에 다시 나타났다. 그는 북부 이탈리아에서 '마치 복수의 여신에 쫓기듯이' 프랑스를 거쳐 볼로냐 수르 메르를 헤매었다. 그의 절망적인 기분은 나폴레옹의 영국 침공에 참여하여 거기서 '장렬한 전사'를 하고 싶은 생각으로까지 그를 몰아갔다. 그는 파리를 거쳐 마인츠로 여행해 갔고, 거기서 과로로 쓰러져 넉 달 이상 병석에 누웠다. 그는 파리에서 소재를 형상화하려는 자신의 능력을 회의하고 거의 완성된 작품 「로베르 귀스카르」 원고를 불태워 버린다.

다행히 클라이스트는 이 심각한 위기에서 회복했으며, 1804년 6월 베를린에서 다시 공직을 얻으려고 노력한다. 그리하여 쾨니히스베르크의 황실 재산 관리국에서 임시 직원으로 일한다. 비교적 조용한 시간이 계속되고, 이 시기에 이미 베른의 친구들과 쓰기 시작한 「깨어진 항아리」와 「암피트리온」을 최종적으로 완성하며 새로운 계획에 몰두한다. 클라이스트는 쾨니히스베르크에서 단편소설이 자신의 특성에 맞는 제2의 형식임을 발견한다. 그의 창작은 여왕 루이제가 지원해 준 작은 돈으로 고무되었다. 그러나 지나친 활동으로 건강을 해친 그는 1806년 휴가를 가져야만 했다. 그의 조국이 프랑스군에 의해 파멸에 이르기까지, 그는 자신의 작가적 재능을 회의했다. 그는 이미 세계사의 흐름에서 멀어져 있었다. 그는 완전히 혼란에 빠져 프랑스군에 복무하려고까지 생각한다. 인간은 자신이 속한 시대나 사회와 더불어 존재하며, 인생의 승패는 그 시대와 사회에서 영향을 받는다는 사실을 그는 비로소 깨닫는다.

마지막으로 클라이스트는 1807년 1월 두서너 명의 친구들과 함께 당시 프랑스군에 점령되어 있는 베를린으로 갔는데, 그 이유는 알 수 없다. 어쨌든 프랑스 군인들은 그를 간첩으로 체포했으며, 포르 드 쥬 성으로 끌고 갔다. 그는 반년 이상 이 수용소에서 포로 생활을 했다. 그해 8월에 드레스덴으로 돌아와, 거기서 한 친구와 함께 '예술을 위한 잡지'인 『푀부스』를 발행하며 그 잡지에 「펜테질레아」의 일부를 발표한다. 드레스덴에서 「하일브론의 케트헨」과 거의 같은 시기에 「헤르만의 전쟁」이 완성된다. 그러나 초반의 당당한 성공에도 불구하고 『푀부스』는 지속되지 못한다. 새로운 방식과 낯선 것은 클라이스트의 기고를 방해하며 독자를 혼란시켰다. 게다가 괴테의 냉담하고 부정적인 비평까지 있었다. 여러 가지 이유로 『푀부스』는 폐간되었다.

1809년 나폴레옹에 항거하는 오스트리아의 전쟁은 클라이스트에게 새 희망을 불러일으킨다. 그는 증오하는 압제자에 대항하여 국민들이 봉기할 때가 왔다고 보았다. 아스페른 근처에서 나폴레옹이 패배하는 것을 목격한 그는 프라하에 정착하여 애국 잡지 『게르마니아』의 작업에 몰두했다. 그러나 나폴레옹에 봉기하기를 바랐던 그의 조국 프로이센은 이에 주저했다. 오스트리아는 전쟁의 고통을 혼자 짊어졌고 마침내 패했다. 상황은 그 어느 때보다도 더 절망적이었다. 그는 한동안 완전히 은거했고, 자신의 높은 뜻을 품은 계획은 깨졌다.

1810년 2월 비로소 베를린에서 클라이스트의 마지막 삶과 창작의 시기가 시작된다. 「홈부르크 공자」를 완성한 것이다. 그러나 그가 이 작품에 걸었던 희망은 성취되지 않는다. 궁중이 그것을 거부했다. 1810년 10월에서 1811년 3월까지 클라이스트는 한 친구와 함께 『베를린 석간』 신문을 발행했다. 그는 이 신문에서 격렬하게 나폴레옹에 반대하는 글을 썼다. 그러나 정부는 그의 공격을 무차별적인 검열로 눌렀으며 이로써 독자의 흥미를 끌지 못한 이 신문은 폐간된다.

클라이스트 생의 마지막 절망적인 장이 이어진다. 그는 당국에 대항하여 그리고 내각에 대항하여 자신이 잡지 폐간으로 입은 손해를 보상하라고 청구했으나 아무런 결정이 내려지지 않았고, 그가 한때 버린 군인의 길을 다시 가려고 청원했으나 당국의 허락은 끝내 내려지지 않았다. 클라이스트에겐 경제적 궁핍과 절망만이 내리쳤다. 그러나 그는 열정적으로 글을 썼고 소설집 두 권을 발표했다. 그리고 한 편의 장편소설을 예고했다. 그러나 그의 궁핍은 더해지고 고독이 그를 에워쌌다. 결국 1811년 11월 21일 작가는 중병을 앓고 있던 유부녀 헨리에테 포겔과 함께 반 호수에서 권총 자살했다.

2. 클라이스트의 드라마

클라이스트는 독일문학사상 연극적 재능에 있어서 가장 독창적이고 천재적인 작가이다. 그는 구체적 형상을 그리려는 강렬한 의지를 불같은 환상과 결합시켜, 무절제에 빠져든 감정 위주의 생활을 작품으로 표현할 줄 알았다. 그의 극작술의 위대성('프로메테우스적 거인주의')은 독일문학에선 전례가 없는 것이며, 비유하면 음악의 베토벤 작품에 상응할 뿐이었다. 그의 목표는 고대극의 요소를 셰익스피어 극작술과 결합시켜 새롭고 보다 높은 통일체를 만드는 것이었다. 이 점은 괴테와 실러가 했던 많은 노력과 일맥상통했지만, 그는 전적으로 자신의 독자적인 길을 걸어 나갔다. 클라이스트는 괴테와 달리 본질적 비극성에 대해 더 강한 성향을 분명히 보여 주었고, 실러의 이상주의와는 반대로 개인적·성격적인 것, 예컨대 주인공의 본질과 운명에 들어 있는 '실존적인 것'을 더욱 강조했다. 위대한 비극에 대한 클라이스트의 사명은 그의 삶이 진행되어 감에 따라 표현되는데, 그 삶은 절대적인 것, 즉 진실, 사랑, 정의 및 애국적 헌신 등을 절실히 갈망했지만 파멸하고 말았다. 클라이스트는 자살하기 직전에 쓴 이별 편지에서 "이 세상에서 진실은 나에게 아무 도움이 되지 못한다"라고 썼다. 괴테와 클라이스트의 관계 역시 비극적인데, 클라이스트는 마음에서 무릎 꿇고 괴테에게 접근했다. 그러나 괴테는 그를 의고적 창작시기, 즉 고전주의의 관점으로만 보고—젊은 천재 클라이스트는 괴테가 자기를 이해해 주길 간절히 바랐지만—이해해 주지 않았다.

클라이스트는 셰익스피어 「로미오와 줄리엣」의 영향을 받은 5막으로 된 비극 「슈로펜슈타인 일가(Die Familie Schroffenstein)」(1801)를 시작으로 극작가가 되었다. 하지만 그의 이 첫 작품은 여러 가지 관점에서 독자적 성향을 띤다. 그는 「로베르 귀스카르(Robert Guiskard)」에서 자기 재능을 완전히 보여 주는데, 이 작품을 불안정한 방랑시절인 1801년부터 수년간 작업하여 노(老)시인인 비란트(Wieland)에게 구술해 드렸을 때 그로부터 예언적 격

찬을 받았다. "에스킬로스, 소포클레스, 셰익스피어의 정수를 결합하여 하나의 비극을 창작하려 했다면, 그것은 클라이스트의 '노르만의 영주 귀스카르의 죽음'이 될 것이다."(그러나 클라이스트는 이 작품이 마음에 들지 않아 그 원고를 불태워 버렸다.) 오늘날 그 일부만 남아 있는 미완성원고(Fragment)는 1808년 잡지『푀부스(Phöbus)』에 실려 전해 온 것이다. 클라이스트는 대비극에서뿐만 아니라 진정한 의미의 위대한 성격희극에서도 재능이 있었음을 그의 단막극「깨어진 항아리(Der zerbrochne Krug)」(1806) 및 희극「암피트리온(Amphitryon)」(1807)에서 잘 드러낸다. 클라이스트는 비극으로는 독일 고전주의 절정기에 유일하고 중요하며 깨끗한 극작품을 창작했고, 또 희극으로는 고대 신화적 소재의 형상을 완전히 새롭고, 신앙심 깊은 극작품으로 썼다. 비극「펜테질레아(Penthesilea)」(1808)는 사랑의 정열을 다룬 비극작품으로, 여주인공 펜테질레아는 발광까지 하면서 가차 없이 파멸하고 만다. 이 위대한 극작품과 반대되는 극작품은 낭만적 기사극인「하일브론의 케트헨(Das Käthchen von Heilbronn)」(1808)인데, 이는 같은 방법으로—대칭적 관점에서 보면—여성적 심리의 극단적 가능성을 보여 준다. 애국적이며 역사적인 두 작품「헤르만의 전쟁(Die Hermannsschlacht)」(1808) 및 「홈부르크 공자(Prinz Friedrich von Homburg)」(1811)로써 클라이스트의 극작은 끝난다.「헤르만의 전쟁」이라는 경향극은 독일의 압제자인 나폴레옹에 반대하는 정치적 선전과 증오를 표현한 것이고「홈부르크 공자」는 국가 이념을 둘러싼 투쟁의 완전한 해결과 개인의 자유로운 도덕적 자기

극복을 위한 기초 확립을 표현한 것이다. 바이마르의 고전주의를 대표했던 두 위대한 작가인 괴테와 실러와 더불어 세 번째로 큰 고전작가인 클라이스트의 위대성과 사명은 비교적 늦게 인정되었다. 클라이스트의 작품들을 그의 사후에 모아 간행하고, 이로써 후세에 보존해 준 것은 낭만주의의 작가 루드비히 티크(Ludwig Tieck)의 공적이다(1826년에 최초의 3권으로 된 클라이스트 전집이 간행되었다).

3. 작품의 줄거리

그리스 군인들과 트로이 군인들이 트로이 성 앞에서 격렬하게 싸운다. 승패의 결말이 나지 않은 채 전투가 격해지고 있을 때, 하나의 사건이 발생한다. 이 사건은 두 진영을 당황케 하는데, 얼마간의 시간이 지난 뒤에 실체가 비로소 밝혀진다. 아마존 여인국(그리스 전설에 나오는 소아시아의 호전적 여인국)의 군대가 여왕 펜테질레아의 영도하에, 싸우고 있는 두 편 중 어느 쪽에도 알리지 않고 전장으로 밀고 들어온 것이다. 그들은 처음에는 포위된 트로이군을 구하기 위해 트로이 측 군인들을 도와주러 온 것처럼 보인다. 그러나 곧 그들은 트로이 군인들에게도 그리스 군인들을 대한 것처럼 적대적으로 행동했다. 무엇보다도 가장 이상했던 사실 한 가지는 여왕 펜테질레아가 그리스군 대장인 아킬레스에게 억제할 수 없는 매력을 느낀 것처럼 보였다는 것이다. 그녀는 아킬레스를 처음 보았을 때, 얼굴빛이 붉게 변한 채 그를 멍하니 바라보고 있었다. 그녀는 전투의 소용돌이에서 계속 아킬레스와 결투하려고 그를 찾아 나선다. 아킬레스도 연정에 불타고 있다. 그리스군의 총대장 아가멤논 장군이 병사들에게 모두 본선(本船)으로 후퇴하고 아마존 여군들과 전투를 피하라는 명령을 내렸을 때, 아킬레스는 펜테질레아의 머리카락을 쥐고 얼룩말에서 낚아챌 때까지 뒤쫓겠다고 맹세한다. 그리하여 이제 둘은 상대를 비할 데 없이 무모하게 몰아치며 광란의 돌진을 시작한다. 아킬레스는 곧 아마존 여군들의 손에 들어간 듯하다. 그런데 또다시 전투 중 펜테질레아는 그리스 병사에 의해 제압된다. 누구도 자신이 패했다고 말하려 하지 않는다. 그러나 그것은 사실상 증오가 아니라, 상대를 끌어당기는 열정적인 사랑이다. 아킬레스는 필요하다면 펜테질레아의 사랑을 얻기 위해 몇 년 동안이고 노력할 것이며, 그녀를 자신의 신부로 만들기 전에는 고향으로 돌아가지 않겠다고 오디세우스에게 말한다. 그리고 펜테질레아도 친구 프로토에에게 오만한 아킬레스를 자기 발밑에 짓밟고 싶다고 말한다. 프로토에는 펜테질레아의 이 계획을 단념시키려고 노력했으나 허사였다. 아마존 여군들은 원래의 출정 목적을 이루고, 젊은이들을 생포하여 고향 테미스키라에서 열릴 결혼식(장미축제)에 데려갈 수 있게 된다. 오직 펜테질레아만이 전장에서 떠나기를 머뭇거리며 친구의 호의적인 충고를 거절한다. 젊은 아킬레스와 싸워 이기는 것이 펜테질레아의 목표이고 이를 성취하기 위해 그녀는 전장에 남는다.

불꽃 튀기는 싸움 중에도 놀라운 서정적 장면이 나온다. 펜테질레아는 '장미축제'를 준비하라고 명령했다. 디아나 여신(사냥 또는 달의 여신, 정조의 여신)의 여제사장은 무녀들과 한 무리의 처녀들을 데리고 장미축제를 준비했다. 아마존 여군들은 그들의 전투가 끝났다고 믿는데, 바로 그때 펜테질레아의 행동이 모든 것을 다시 의심하게 한다. 사랑의 독화살을 맞고 이성의 소리에 귀가 먼 여왕은, 아마존 여군이 전투 중에 특정한 한 남자를 목표로 해서는 안 된다는 국가의 법을 어긴다. 그녀에게는 더 이상 아마존 여인국의 번영도 국법도 중요하지도 않다. 오로지 아킬레스만이 중요하다. 그녀는 다시 아킬레스가 요청한 결투에 응하나 끝내 패하고 만다. 땅에 추락하여 심한 고통을 느끼며 기절한 여왕을 보호하기 위해 프로토에는 승리한 아킬레스를 설득해 펜테질레아에게 아킬레스가 승리한 게 아니라 여왕 자신이 승리한 것처럼 믿게 하자고 제안한다. 아킬레스는 이 제안을 받아들인다. 그런데 펜테질레아가 기절 상태에서 깨어났을 때, 이 둘의 사랑이 아름다운 한 장면에서 밝혀진다. 아킬레스는 자진해서 일부러 포로가 되고, 펜테질레아에게 자기 남자라는 생각을 갖게 하며 그녀에게 청춘의 힘을 완전히 돌려준다. 그녀는 처음에는 고통을 맛보면서 쉬었지만, 비로소 기쁨을 맛보게 된다. 비극적 사건이 진행되는 동안 이 휴식은 아주 짧다. 펜테질레아가 아킬레스의 포로이지 그 반대가 아니라는 것이 오랫동안 감춰질 수는 없기 때문이다. 그녀는 아킬레스에게 자기 조국의 이상한 건국사(史)를 이야기한다.

아마존 여군들이 자신들의 여왕을 구하려고 다시 돌진해 오자, 펜테질레아는 자신이 아킬레스의 포로라는 사실을 알게 된다. 아킬레스는 그녀에게 여왕으로서 자신의 고향 '프티아'로 같이 가자고 설득한다. 그러나 전쟁의 소용돌이에서 그들은 헤어지고, 펜테질레아는 아마존 여군들에 의해 구출된다. 아킬레스는 오디세우스에 의해 끌려간다. 그 뒤에는 사건과 감정이 장엄하고 비극적으로 계속 상승한다. 아킬레스는 펜테질레아에게 전령을 보내 다시 한번 더 목숨을 걸고 싸우자고 도전장을 내민다. 그러나 그의 의도는, 겉으로 싸우는 체하면서 그녀에게 자진해서 패하여 그녀의 고향 '테미스키라'로 따라가 장미축제에 참가하려는 것이다. 펜테질레아는 감정의 혼란에 빠져 이런 아킬레스의 숨은 의도를 오인한다. 그녀는 군신 아레스를 부르고, 무장도 하지 않은 그를 습격한다. 광기에 사로잡힌 펜테질레아는 개들을 데리고 사랑하는 아킬레스에게로 돌진하고, 도망가는 그에게 화살을 날려 목을 꿰뚫고 추격한 후, 그의 몸에서 갑옷을 벗기고 그의 흰 가슴을 이빨로 물어뜯는다. 마지막에는 무서운 각성이 일어난다. 내면 깊이 상처를 입은 펜테질레아는 말한다. '키스(Küsse)'와 '물어뜯음(Bisse)'은 운율이 맞고, 진정으로 사랑하는 자는 이 둘을 쉽게 혼동할 수 있다고. 그녀는 가슴속 깊은 곳에서 파괴의 감정을 파내어, 그 감정을 강철로 정제하고 그것을 비수로 만들어 자기 자신을 찌른다. 이렇게 함으로써 그녀는 아킬레스의 뒤를 따라 죽는다.

『펜테질레아』는 사랑의 비극이고, 또 사랑의 파괴적이며 긍정

적인 측면에 대한 예리한 분석이며, 사랑의 상대에게 항복을 촉
구함과 동시에 그를 소유하기 위한 투쟁이다. 이런 점에서 이것은
「하일브론의 케트헨」과 대칭되는 작품인데, 클라이스트는 종종
이 두 극의 관계를 강조했다. '신들을 닮은' 아킬레스의 몸이 갈가
리 찢기는 것은 이 세상의 미(美)의 운명에 대한 슬픈 탄식이다. 우
아하고 아름다움에 가득 찬 처녀 펜테질레아는 '미친 독부(毒婦)'
로 변해 가며, 죽음에서만 오직 아킬레스와 하나가 된다. 이것은
오해의 비극이다. 클라이스트는 지식의 문제를 다룬 칸트 철학서
를 읽으면서부터 이 오해에 빠졌으며, 이 오해가 종종 클라이스트
의 내면에 있다. 이것은 위대한 개인이 그의 환경(여기서는 아마존
국가)과 충돌하는 비극이다. 클라이스트는 이 극의 최종 수정판에
서 이 주제를 더욱 강조하여 펜테질레아의 운명을 전쟁신 마르스
(Mars)의 후원하에 건립된 조국의 국법(國法)을 위반한 결과로 그
렸다. 이 드라마에서는 펜테질레아, 즉 영혼의 음침한 여성적인
힘이 중심에 서고, 나머지 다른 등장 인물들은 부차적이며, 그리
스 법과 질서의 대표자이며 남성의 교활과 지성의 대표자인 아킬
레스조차도 보조인물이다. 아킬레스의 사랑은 순수한 의식의 한
계 밑에 침투하지 못하고 펜테질레아를 이해하지 못해 비극적으
로 끝난다.

『펜테질레아』는 겉으로 보기엔 일정한 형식이 없는 듯이 보이
지만, 용의주도하게 구성되어 있다. 이 극의 주제가 소개되고 감
정과 동작이 반복되며 점점 더 강해져(Crescendo), 마침내 소름
끼치는 종말에 도달하는데, 이는 앞에서 일어난 사건의 자연스

런 결과인 것처럼 보인다. 클라이스트의 다른 작품에서도 그렇듯이, 이 극은 사실을, 비극의 배경을 점차적으로 폭로하는 걸작이다. 이 극의 끝에 우리는 젊은 처녀로서 펜테질레아가 얼마나 매력 있고 우아한 여인인지를 알게 된다. 이 극을 여러 막으로 나누었더라면, 극의 긴장감을 빼앗고 거기에서 진행되는 동작의 속도가 떨어졌을 것이다. 이 극은 단막(單幕)의 극시(劇詩)이다. 이 극은 또한 많은 상징으로 짜여 있다. 타나이스의 활이 깨어지고, 타나이스의 재는 공중에 뿌려지는데, 이로써 펜테질레아의 속죄행위가 완성된다. 아마존 국가의 탄생을 알리는 순교(殉敎, 피의 세례)는 투쟁의 끝을 알리는 물의 세례와 반대를 이룬다. 사랑과 증오의 주제들은 갑옷과 투구의 사용이나 서정적 장미축제로 상징화되고, 사랑의 비극적 운명에 대한 한탄은 펜테질레아가 '어려운 일상의 일'을 끝내고 흘리는 눈물로써 표현된다. 이 극의 언어는 극의 분위기를 반영한다. 이것 역시 겉으로 보기엔 일정한 형식이 없는, 격렬한 감정의 무절제한 흐름이지만, 용의주도하게 쓰이고 있다. 작품은 격정의 극단을 잘 투시하고, 클라이스트의 지성을 잘 드러내며, 격렬한 은유에서 시작하여 매우 부드러운 언어가 끝 장면까지 뻗어 있다. 클라이스트는 종종 언어의 한계를 자각하는 것처럼, 언어 없이 극을 진행하며 인물들의 내적 투쟁을 의미 있는 제스처 및 긴 휴지(pause)로써 제시하는데, 특히 마지막 장면에서 말없이 남아 있게 함으로써 그 효과를 고조시킨다.

『펜테질레아』는 병적인 극으로 치부되거나 또 병적인 상상력의 작품으로 낮게 평가되기가 쉽다. 연극은 보편적이고 진실한

상황들을 처리하는 것이다. 이 극이 비록 보통과는 다른 또는 일
방적인 사랑의 무의식적, 원초적인 힘의 제시라고 할지라도『펜
테질레아』는 좋은 연극이다. 1807년 늦가을 마리 폰 클라이스트
앞으로 보낸 편지에서 클라이스트는 자신의 극에 대해 이렇게 말
했다. "내 내면의 본질이 여기에 들어 있는 것은 사실이다. (…)
내 영혼의 오욕과 영광이 동시에 다 들어 있다." 게다가 이 극은
사랑에 대한 클라이스트의 강렬한 소원이 투영된 것이고, 또 다
른 사람이 충심으로 이해해 주기를 바라는 소원의 투영이다. "오
욕과 영광"이라는 말이 이 비극의 분위기를 적절히 요약한다. 극
의 주인공들이 당하는 고통은 비극적 고요함과 그 결말의 평온에
서 해소된다.

작가 연보

1777년	10월 18일 하인리히 폰 클라이스트는 오더 강변의 프랑크푸르트에서 아버지 요아힘 프리드리히 폰 클라이스트와 어머니 율리아네 울리케 폰 클라이스트(결혼 전 성은 판비츠) 사이에서 태어남.(클라이스트는 자기 아버지의 두 번째 결혼에서 태어난 다섯 아이 중 세 번째임) 아버지의 첫 번째 결혼에서 두 딸이 있는데 그중에 클라이스트와 중요한 관계를 가진 울리케(1774~1849)가 있음. 클라이스트는 처음에 집에서 가정교사의 교육을 받음.
1788년	6월 18일 아버지 죽음. 클라이스트는 위그노 교육을 받기 위해 베를린으로 옴. 이 시기의 클라이스트에 관한 것은 거의 알려져 있지 않음.
1792년	포츠담의 근위 연대에 입대. 6월 20일 견진성사 후 근무 시작.
1793년	2월 3일 어머니 죽음. 라인 원정에 참가. 마인츠 요새 탈환 작전에 참가.
1795년	7월 11일 포츠담으로 귀환.
1798년	논문 「행복의 확실한 길 찾기」 발표.
1799년	4월 4일 자발적으로 군에서 소위로 제대. 4월 10일 오더 강변의 프랑크푸르트대학에 등록, 법학 공부를 시작하여 1800년 7월까지 계속함. 그 밖에도 자

연과학 강의를 들음.

1800년   빌헬름미네 폰 쩽게와 약혼.

8월 말에서 10월 말까지 뷔르츠부르크 여행. 이 여행의 동기에 대해 그의 편지에서 서로 다른 비밀스런 암시를 남김.

11월에서 이듬해 3월까지 베를린에 체재.

1801년   소위 '칸트 위기' 칸트 철학을 공부하면서 자신의 지금까지의 철학적 견해와 계획에 충격을 받음. 울리케와 함께 드레스덴을 거쳐 파리로 여행. 거기서 둘은 7월에서 11월까지 체재. 11월 말 프랑크푸르트(마인 강변) 여행. 거기서 여행 동반자 울리케와 헤어짐. 클라이스트는 스위스 바젤과 베른으로 계속 여행.

1802년   스위스 체재. 4월 1일 이후 클라이스트는 툰 호수의 델로제아 섬에 삶. 「고노레츠 일가」(「슈로펜슈타인 일가」의 초고) 작업. 「로베르 귀스카르」 작업 시작. 5월에 파혼. 7월에서 8월 베른 체재. 10월 울리케와 함께 여행. 비란트의 아들 루드비히를 방문. 예나 및 바이마르를 여행.

1803년   오스만스테트의 비란트 영지에 체재. 「로베르 귀스카르」, 「암피트리온」, 「깨어진 항아리」 작업. 3월에서 4월 라이프치히 체재. 「슈로펜슈타인 일가」가 베른과 취리히의 게스너출판사에서 출간. 4월에서 7월 드레스덴에 체재. 7월에서 10월 에른스트 퓌엘과 함께 베른, 툰, 밀라노, 제네바 및 파리 여행. 10월 말 「로베르 귀스카르」 원고를 불태움. 프랑스군에 입대하기 위해 성 오머로 감. 클라이스트는 프로이센 공사에 의해 포츠담으로 보내짐. 그러나 마인츠에서 귀환을 끝냄.

1804년　1월 9일 「슈로펜슈타인 일가」가 오스트리아의 그라츠에서 첫 상연. 정신과 육체가 피곤하여 마인츠의 게오르그 베데킨트 의사 곁에 체재. 봄에 그곳에서 파리로 여행. 6월 베를린에 도착. 국가 공무원이 되려고 노력함.

1805년　1월 재무국에 임용됨. 5월 초 이후 쾨니히스베르크의 황실재산관리국에서 근무. 클라이스트는 재정학 및 정치학 강의를 크리스티안 야콥 클라우스한테서 들음. 「미하엘 콜하스」를 쓰기 시작.

1806년　「깨어진 항아리」 작업.
여름 「펜테질레아」 작업 시작. 8월 중순 이후 건강상의 이유로 휴가. 국가 공무원 사직.

1807년　1월 쾨니히스베르크에서 베를린으로 옮겨 옴. 거기서 그는 프랑스군에 의해 간첩 혐의로 체포됨. 3월에서 7월 포르 드 쥬 성과 살롱 수르 마르네 포로수용소에 수용. 「펜테질레아」 계속 작업. 5월 초에 「암피트리온」이 드레스덴에서 출간. 7월 12일 포로에서 풀려남. 이어서 베를린을 거쳐 드레스덴으로 여행. 거기서 클라이스트는 1809년 4월까지 자유 직업 작가로 삶. 『교양인을 위한 조간 신문』에 「예로니모와 요제페」(「칠레의 지진」의 원제목)가 실림. 「하일브론의 케트헨」 작업. 12월 「펜테질레아」완성.

1808년 1월 23일~1809년 2월 아담 뮐러와 공동으로 잡지 『푀
부스』를 발행. 그 잡지에 「펜테질레아」(일부분) 「O... 후
작 부인」 「깨어진 항아리」 「로베르 귀스카르」(미완성)
및 「하일브론의 케트헨」(일부분) 그리고 소설 「미하엘
콜하스」(처음 부분)가 실림. 3월 2일 「깨어진 항아리」가
괴테의 주도로 바이마르의 궁중극장에서 상연되었으나
크게 실패함. 7월 「펜테질레아」가 튀빙겐의 코타출판사
에서 서적으로 인쇄됨. 12월 「헤르만의 전쟁」 완성.

1809년 4월 29일 프리드리히 크리스토프 달만과 함께 프라하
및 즈노이모로 여행. 5월 25일 아스페른 전장 시찰. 여
름 이후 보헤미아, 오스트리아, 오더 강변의 프랑크푸르
트 그리고 다른 곳에서 정치적 활동. 오늘날까지 클라이
스트의 직책은 알려지지 않음. 반 나폴레옹 경향의 잡지
『게르마니아』를 계획.

1810년 1월 30일 베를린에 체재. 3월 17일 「하일브론의 케트
헨」이 빈에서 첫 상연. 가을 베를린의 라이머출판사에
서 『하일브론의 케트헨』 및 『클라이스트 소설집』 제1
권(수록작품: 「미하엘 콜하스」, 「O... 후작 부인」, 「칠레의 지
진」) 출간. 10월 1일 클라이스트가 발행한 일간신문 『베
르린 석간 신문』 제1호가 나옴. 6개월 동안 발행됨.

1811년 2월 베를린의 라이머출판사에서 『깨어진 항아리』 출간.
「성 도밍고 섬의 약혼」이 『프라이뮤티케』지에 발표됨.

3월 30일 『베를린 석간 신문』 종간. 6월 클라이스트는 「홈부르크 공자」를 라이머출판사에 내놓음. 8월 초 『클라이스트 소설집』 제2권(수록 작품: 「주운 아이」, 「결투」, 「성 도밍고 섬의 약혼」, 「성녀 세실리아 또는 음악의 힘」, 「로카르노의 거지 여인」)이 라이머출판사에서 출간. 9월 클라이스트는 다시 프로이센군에 들어가려고 노력함. 11월 21일 반 호수에서 중병을 앓고 있던 헨리에테 포겔과 동반자살함.

1821년 루드비히 티크가 클라이스트의 『유고집』을 간행함. 10월 3일 「홈부르크 공자」가 빈에서 첫 상연.

1822년 「홈부르크 공자」가 『페르벨린의 전투』라는 제목으로 책으로 출간.

1826년 첫 클라이스트 전집이 간행됨(발행인은 루드비히 티크).

1860년 울리케에게 보낸 편지들이 처음으로 발행됨(발행인은 아우구스트 코버슈타인).

1862년 정치적인 글이 루돌프 쾨프케에 의해 발표.

1876년 4월 25일 「펜테질레아」가 베를린에서 첫 상연.

1884년 빌헬름미네 폰 쩽게에게 보낸 편지들이 첫 발행됨(발행인 칼 비더만).

1889년 4월 8일 「암피트리온」이 베를린에서 첫 상연.

1901년 4월 6일 「로베르 귀스카르」(미완성)가 베를린에서 첫 상연.

옮긴이 후기

우리가 하인리히 폰 클라이스트라는 독일 작가를 알게 된 때는 대학생 시절로 거슬러 올라간다. 동학 동창인 우리는 같은 은사님들에게서 독일어와 독일 문학을 배웠는데, 강의실에서 나란히 자리에 앉아 은사님의 강의를 경청하였고 교정에서 우정을 나누었다.

옮긴이 조정래는 대학원 석사 및 박사 과정에서 클라이스트의 소설을 연구한 논문으로 문학석사와 문학박사 학위를 연이어 받았다. 그 후에도 연구를 계속 수행하여 학술지에 클라이스트에 관한 논문을 여러 편 발표하였는데, 주로 카프카와 클라이스트 문학세계를 깊이 비교 연구하였다. 조금 늦게 클라이스트의 소설과 희곡작품들을 읽고 재미를 느낀 옮긴이 배중환은 학우 조정래를 만날 때면 클라이스트 문학세계에 대해 듣고 질문을 했으며 카프카의 글을 함께 읽고 즐거움을 자주 나누곤 했다.

이렇게 우리는 같은 작가를 연구의 대상으로 오랫동안 함께 읽기를 해 왔다. 작품 『펜테질레아』는 그 결과의 하나이다. 책으로 출판하자고 제안하여 오래전에 번역한 원고를 함께 정리해 두었으나 현실적으로 출판하는 일은 그리 녹록하지 않았다. 그사이에 클라이스트 서거 200주년이 되는 2011년을 전후하여 한국에서 유독 이 희곡작품만 번역본 셋이 연달아 나왔다. 독문학계엔 반가운 일이면서도 이례적인 일이었다. 이에 이 작품을 출판하려던 계획도 접고 말았다. 그런데 다행스럽게도 『클라이스트 희곡선』을 출판한 해피북미디어 출판사에서 우리의 묵은 원고를 검토하고 출판하겠다는 긍정적인 답을 주었다. 번역하여 원고를 완성한 지 20여 년이 지나서 빛을 보게 된 것이다. 출판사 측에 깊은 감사를 드린다.

"좋은 외국 문학작품은 번역이 많이 있으면 있을수록 읽는 독자에게 좋다"는 말을 믿고 우리는 『펜테질레아』 한국어 번역본을 또 하나 내놓게 된다. 관심 있는 독자들은 선행 번역과 이 번역서를 비교하면서 다시 읽는다면 작품 이해에 더 도움이 될 것이다.

독일어 원문에 운문과 산문이 뒤섞여 있고, 또 대부분 무대 밖에서 일어나는 행위에 대해 간접적으로 관객에게 전달하는 '담장 너머 보기(Teichoskopie)' 및 '사자(使者)의 보고(Botenbericht)' 기법을 적극 활용한 이 극은 19세기 초의 무대에 올리기에는 어려움이 많았다. 작가가 서거한 지 65년 되는 1876년에 처음으로 베를린에서 상연되었으나 첫 상연은 실패했다. 이후 작가 사후 100년이 지나서야 제대로 평가되고 자주 상연된 난삽한 작품이다. 20세기 초에 작가는 재평가되어 '클라이스트 르네상스'를 맞이하였다. 오늘날 연구자들은 클라이스트를 가리켜 괴테와 실러 같은 당대의 주류작가들이 미처 다루지 못한 문학세계를 혼자서 과감히 열어 간 독창적이고 현대적인 작가 중 하나라고 평가한다. 클라이스트의 삶과 작품 『펜테질레아』는 묻혀 지내다가 다시 살아났다는 점에서 궤적을 상당 부분 같이한다. 만약 한국의 무대에서 이 극이 상연된다는 소식을 접한다면 우리는 기꺼이 함께 달려가서 구경할 것이다.

2025년 8월 18일

옮긴이를 대표하여, 배중환